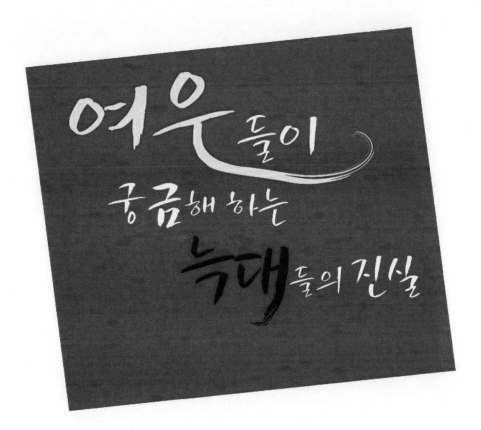

여우들이 궁금해 하는 늑대들의 진실

도서
출판 선영사

여우들이 궁금해 하는 늑대들의 진실

1판 1쇄 인쇄 2006년 1월 10일
1판 1쇄 발행 2006년 1월 20일
1판 2쇄 발행 2023년 6월 20일

지 은 이 이명길

펴 낸 이 김영길
편   집 전양경 · 정상태
디 자 인 김범석 · 김윤곤
일러스트 김은영
펴 낸 곳 도서출판 선영사
주   소 서울시 마포구 서교동 485-14 선영사
전   화 Tel 02-338-8231~2
팩   스 02-338-8233
E-mail sunyoungsa@hanmail.net
등   록 1983년 6월 29일 (제02-01-51호)

ISBN 978-89-7558-166-7   03810

여우들이 궁금해 하는 늑대들의 진실

이명길 지음

도서출판 선영사

나는 사람을 볼 때, 사랑을 하는 사람과 하지 않는 사람으로 구분해 본다.

누군가를 열렬히 사랑하거나 누군가에게 깊진 사랑을 받는 사람은 행복한 기운이 돌아서 보는 사람까지 미소 짓게 만들지만, 사랑할 줄 모르는 사람, 더 나아가 사랑이 필요 없다고 말하는 사람은 지켜보는 사람에게 안타깝고 우울한 기분이 들게 한다. 그래서 난 사랑하는 사람이 더 좋다.

사랑을 하면서 짓물러 터져도 보고, 쓰라려 울어도 보고, 가끔은 드라마의 주인공도 되어 보고, 둘만의 특별한 비밀을 가져보기도 하고. 넋이 나간 듯이 좋아 웃다가, 멍하니 그리워도 해 보고 이 모든 것들을 경험해 봐야 진정한 사랑을 찾을 수 있다고 믿었던 적이 있다.

그래서 나를, 그를, 또 제3자를 참 많이도 괴롭혔던 것 같다.

이 책은 이런 믿음으로 사랑을 한 어리석은 여우를 감전되게 만든 책이다.

　처음 누군가를 사랑하게 되면서 감전되는 듯한 행복함을 느꼈던 것처럼 말이다.

　처음 만났을 때, 대한민국 1호 연애 강사가 되겠다던 저자의 열정이 아직도 생생하다.

　소중한 인연이었기에 많이도 말리고, 많이도 꾸짖었다.

　그러나 그 열정 앞에, 이제는 든든한 믿음으로 웃으며 응원할 수 있는 여유가 생겼다.

　무엇보다 이 책을 쓴 젊은 저자는 자신을 사랑할 줄 안다.

　사랑할 줄 아는 것도 기특한데, 사랑하는 방법까지 안다.

　그리고 사랑을 알다가도 모를 어려운 것이라 말하는 대한민국 청춘들을 사랑한다.

　우리 모두는 남보다 특별한 사랑을 아주 잘~ 하고 싶어한다.

　이 책은 늑대의 진실을 몰라 힘들어하던 어리석은 여우가 진정 매력적인 여우로 거듭나, 자신과 또 다른 자신을 사랑할 수 있게 만들 수 있는, 우리에겐 사랑만큼 소중한 선물이다.

결혼정보회사 듀오 브랜드 전략팀장

이미경

Intro
사랑도 노력이 없다면 이루어질 수 없다

우리는 인생을 위해 공부를 한다.

학창시절에는 수없이 많은 중간·기말 고사를 봐야 하고, 성인이 되어서도 운전면허부터 시작해 영어·컴퓨터 등등 정말 끊임없이 공부를 해야 한다.

사람들은 이렇게 앞으로 10년을 위한 공부를 하면서 살아가고 있다. 그러나 정작 중요한 '연애와 사랑'에 대해서는 얼마나 공부를 하고 있는지 궁금하다. 어쩜 자신이 선택한 사람과 길게는 50년을 넘게 살지도 모르는데, 많은 사람들이 그 중요한 결정을 순간의 감정에 의존해 선택하고 있다.

쿨한 신세대답게, 결혼까지 고려 않고 잠시 만난다고 하더라도 정말 즐겁고 아름다운 만남을 위해서는 연애에 대한 공부가 필요하다. 공부가 정 하기 싫다면 적어도 자기가 만나는 남자라는 인간에 대해 기본지

식은 가지고 있어야 한다.

　새로운 사람을 만나는 것은 낯선 곳으로 떠나는 여행과 같다. 때문에 우리가 여행을 가기 전 약간의 인사말 · 문화 · 날씨 정도만 조사를 해 두어도 도움이 되는 것처럼 연애를 하기 전에 상대에 대한 약간의 조사는 그 만남을 더욱더 재미있고, 행복하게 만들어 줄 것이다.

　사랑에도 공부가 필요하다.
　이 세상에 그냥 얻어지는 것은 없다.
　사랑도 마찬가지이다.
　사랑을 통해서 행복 · 즐거움, 이런 것들을 얻기를 원한다면 공부하고 노력해라.

　아직 늦지 않았다.
　사랑으로 행복해지고 싶다면 지금 당신이 만나고 있는, 혹은 앞으로 만날 남자에 대해서 공부를 시작해라.

　사랑은 운명적이고 로맨틱한 것, 또는 순수한 것이어서 미리 준비하거나 공부할 필요가 없다고 생각하는 사람들은 그저 게으른 사람들에 불과하다. 이 세상 그 어떤 것도 준비 없이, 노력 없이 운명적으로 이루어지는 것은 없다.

여자 전문 연애 컨설턴트　이 명 길

사랑은 노력 없이는 이룰 수 없다.

추천의 글
Intro

PART 1
연애 전에 알아야 할 늑대들의 진실

LIST

PART 4
멋진 여우가 되기 위해 알아야 할 것들

LIST

PART 1

연애 전에 알아야 할
늑대들의 진실

연애가 시작되면
늑대들은 이런 것을 요구할 것이다

사랑을 하는 것, 좋아하는 사람이 생기는 것은 분명 기분 좋은 일이다. 그러나 누군가를 사랑하는 것과 그 사람과 사랑을 하는 것은 확실히 다르다. 아무리 사랑하는 사이라고 할지라도 때때로 다툼이 생기게 마련이다.

그 이유에는 서로가 자란 환경이 다르기 때문일 수도 있고, 서로에게 기대하는 것이 달라서일 수도 있겠지만, 중요한 건 그 문제들이 대부분 일반적이라는 것이다. 100%는 아니겠지만 연애를 시작하면 누구나가 겪는 과정들이 있다. 이 문제는 어떤 것이고 어떻게 대처해야 하는가?

일단 연애가 시작되고 나면
이런 상황들이 생기게 될 것이다

이성친구 문제

세상에 아무리 쿨한 것을 좋아하는 남자도 자기 여자가 다른 남자를 만나는데 마음까지 편한 남자는 없다. 겉으로는 웃어줄 수 있겠지만, 속에서까지 미소를 지을 수는 없다. 즉, 남자는 연애가 시작되면 다른 남자들로부터 당신을 격리시키려 할 것이다. 그리고 외박 등에 민감하게 반응할 것이다.

옷차림이나 화장 등에 대한 간섭

남자는 여자가 짧은 치마를 입거나 섹시하게 화장하는 것을 좋아한다. 그러나 내 여자가 하는 것은 싫어한다.

이것을 나쁘게 생각하지 말아라. 오히려 간섭하는 남자가 정상인 것이다. 사람은 자기 기준으로 세상을 바라보게 된다. 자기 눈에 너무나도 예쁜 여자친구가 더 예쁘게 하고 나와서 다른 남자들의 관심을 끌게 되는 것이 싫기 때문이다. 남자친구가 몸뻬바지만 입으라고 하지 않는다면, 적당한 간섭은 즐겨라.

스킨십에 대한 요구

서로 사랑해서 만난 사람들인데 내가 왜 스킨십을 '요구'(?)라고 표현했는가? 요구라는 것은 상대에게 자신이 원하는 것을 해달라고 하는 것을 말한다. 여자도 물론 스킨십을 원하겠지만, 여자가 생각하는 스킨십 진도보다 남자가 생각하는 진도가 몇 배 빠르기 때문에 스킨십에 관한 문제가 발생하게 된다.

연애가 시작되면 스킨십에 대한 스스로의 생각과 준비를 항상 하고 있어야 한다. 만약 내 남자친구는 너무 순진하고 착해서 절대 안 그럴 거라고 생각하고 있다면 절대 착각이라고 말해 주고 싶다.

사생활에 관한 문제

사랑하기에 늘 함께 해야 하고, 모든 문제를 함께 해야 한다고 여자들은 생각한다. 그래서 여자는 자신이 옆에 있음에도 혼자서 모든 짐을 다 짊어지려고 하는 남자에게 야속함을 느낀다.

결론부터 이야기하면, 여자는 자신의 어려움을 남들로부터 위로와 위안을 받으면서 풀어내지만, 남자들의 세계에서는 남들로부터의 위로는 문제해결에 큰 도움이 되지 않는다고 생각한다. 그래서 때로는 사랑하는 여자친구에게 자신의 단점들을 감추고 싶어하는 경향이 있다.

또한 남자들에게는 그 중요한 친구(?)라는 것이 있다.

여자들은 잘 이해하지 못할 수도 있지만, 이것은 상당히 중요한 문제이다. 그래서 남자들은 우정을 위해서라도 사생활을 요구해 올 것이다. 이런 경우에 여자는 남자의 사생활을 이해해 주는 것이 서로에게 좋다. 단 조건 없는 이해가 아니다.

여자 역시 같은 범위 안에서 사생활을 인정받아야 한다. 남자는 남자이기에 새벽 2시가 넘어서도 2차 3차를 갈 수 있고, 여자는 여자라는 이유만으로 안 된다고 하는 남자라면, 연애기간 중에 확실히 버릇을 고쳐야 한다.

지금은 사랑하기도 하고, 싸우기도 싫으니까 하자는 대로 하고 나중에 만나면서 서서히 고치면 되지! 하는 생각이라면 어림도 없는 소리다. 남자가 무언가를 요구하면 자신이 양보하는 만큼 양보를 이끌어 내는 것이 '게임의 기본법칙'이다.

약속시간 문제

연애를 시작하기 전의 남자는 여자가 1시간을 늦게 와도 웃어주는 매너를 보인다. 그러나 연애가 시작되면 상황이 달라진다. 초기에는 늦으면 미리 전화라도 하라는 요구를 하다가, 시간이 점점 지나면 화를 내기 시작할 것이다.

이런 경우에 여자는 연애 후에 남자가 변했다고 생각을 한다. 물론 남자의 감정이 조금(?) 변했을 수도 있지만, 그것이 남자가 여자친구를

사랑하지 않아서가 아니다. 만약 조금 늦었다고 남자가 화가 나 있을 경우에는 남자가 짜증을 좀 낸다고 "그것도 못 기다리냐?"고 화를 내기보다는 애교작전으로 나가는 것이 가장 효과적이다. 사실 이때 남자가 듣고 싶은 말은 그냥 "미안해, 많이 기다렸지?"라는 말이기 때문이다.

밤늦게 전화하는 시간이 줄어든다

여자들은 밤늦게 전화하는 것을 좋아한다. 또한 고정관념처럼 커플들은 당연히 늦은 시간에 전화통화를 해야 한다고 생각한다. 남자들도 그런 생각을 하지만 여자들과는 개념이 조금 다르다.

일반적으로 남자들은 길게 전화통화를 해봐야 (업무상이 아니라면) 10분을 넘지 않는다. 그렇기에 전화기에 대고 1시간씩 무언가를 이야기해 본 경험이 거의 없다.

남자들은 어차피 내일이면 만날 사람과 전화기에 대고 1시간씩 통화하는 것을 시간 낭비라고 생각한다. 이 역시 남자가 변해서 그런 것이 아니고, 만나서 이야기하면 된다고 생각하기 때문임을 알아야 한다.

흡연 또는 음주 문제

이상하게도 사람들은 연애기간 중에 서로의 성격이나 나쁜 습관 등을 문제 삼기보다는 흡연·음주 등의 개인 취향을 문제로 삼고는 한다.

남자의 경우에는 우리가 나중에 결혼하면 아기에게 안 좋다는 나름대로 과학적인 이유를 가지고 간섭을 하고, 여자의 경우는 건강 때문이라며 남자의 흡연을 막고자 한다.

  그러나 내가 볼 때 커플들이 상대에게 그런 간섭을 하는 것은 서로의 건강이나 그런 것들을 걱정해서가 아니라, 그저 상대에게 영향력을 행사하고 싶어서이다. 무언가 상대에게 자신의 존재를 확인시키려는 행동이라는 것이다. 자신이 술·담배 등을 좋아하고 혹시 무도회장을 좋아한다면 연애 후 반드시 문제가 생길 것이다.

  이외에도 많은 경우가 생기겠지만, 이 정도의 경우는 거의 모든 커플들이 만난 지 얼마 안 된 상황에서 경험하는 것들이니 연애하기 전에 도움이 되었으면 한다.

  세상에는 천재지변처럼 알고도 피하지 못하는 것들이 있다. 사랑도 그렇다. 사랑이 오는 것을 막을 수는 없겠지만, 조금만 노력한다면 최소한 사랑이 떠나는 것은 예방할 수 있지 않을까? 하는 내 생각이다.

늑대가 여우와의 대화에서
주의 깊게 듣는 것

　남녀의 만남에 있어서 '현실감'이라는 것이 얼마나 중요할까? 사실 많은 사람들이 사랑은 로맨틱한 것이라고 믿고 있다. 또 어떤 사람들은 사랑은 머리로 하는 것이 아니고 가슴으로 하는 것이라고 하는 사람들도 있다.

　물론 어느 정도는 맞는 말이다. 그러나 여자도 마찬가지이겠지만, 남자의 경우에는 군대 제대 후 나이가 25살 이상이 되고 대학 졸업반이 되면서 서서히 현실감이라는 것이 생기기 시작한다. 이때도 남자들이 사랑은 그저 아름답기만 하다고 생각할까?

　이런 경우 남자들이 처음 만나거나 알고 지내는 여자와의 대화에서 주의 깊게 듣는 것들은 무엇일까?

남자는 여자와의 대화에서
그 여자의 씀씀이, 즉 생활력을 확인하고 싶어한다

남자는 생각보다 약한 동물이다. 아무리 강한 척을 해도 미래에 대한 불안감은 어느 정도 가지고 있기 마련이다.

그래서 남자는 여자와의 대화에서 무의식적으로 "이 여자가 얼만큼이나 생활력이 강할까?"를 확인하고 싶어 한다.

만약 여기서 단점이 발견된다면, 그러니까 자신이 열심히 벌어서 행복하게 해줄 수 없겠다라는 판단이 서면 미스 코리아가 다가와도 '재수 없어!' 또는 '예쁘지만 내 스타일은 아니야!'라는 핑계로 과감히 포기해 버린다.

더 단도직입적으로 이야기를 하면, 남자는 여자의 씀씀이를 가지고 그 여자의 정신상태까지도 판단해 버린다. 같은 수준의 사람이라는 확신이 있다면 모르겠지만, 여자 입장에서는 최대한 멋을 부려 명품으로 무장을 하고 나갔다고 하더라도 절대로 말 만큼은 그런 티를 내서는 안 된다.

남자에게 사치스러운 여자의 기준은 자신의 능력으로 감당할 수 있는 여자인가 아닌가? 이다.

남자는 여자와의 대화에서
그 여자의 이성관을 확인하고 싶어한다

남자 입장에서 여자의 이성관을 확인하는 가장 빠르고 확실한 방법은 '과거'를 물어보는 것이다. 그러나 이것이 쉬운 일은 아니다. 그렇기에 일반적으로 어떤 현상을 예를 들어 이야기한다.

예를 들어보면 "일본에서 혼자서 성(性) 문제를 해결하지 못하는 장

애인들을 위한 성 자원봉사자들이 있다고 하는 기사를 봤는데 네티즌들의 찬반 토론이 매우 뜨겁더라고요. 혜원 씨는 어떻게 생각하세요?"

이런 상황에서 여자가 어떤 식의 대답을 하느냐에 따라서 남자는 그 여자의 이성관을 판단하는 단서로 삼는다는 것이다. 더 쉽고 일상적인 예들로는 공공장소에서의 커플들의 스킨십이나, 대학생들의 동거문화 등도 좋은 예가 될 수 있다. 참고로 이야기를 하자면 남자들의 이기적인 생각 중 하나가 바로 '연애의 님비현상'(Not In My Girl : 내 여자만은 안 된다)이다.

다른 여자는 몰라도 내 여자는 안 된다는 사고방식으로, 평소에는 쿨한 여자, 섹시한 여자가 좋다고 하는 남자들도 나중에 내 여자만큼은 조신하고, 정조관념도 있고, 살림도 잘하는 그런 여자를 원한다.

시대가 조금 변하기는 했지만, 단순 연애상대가 아니고 결혼까지 바라본다면 이 말은 확실히 신빙성이 있다.

남자는 여자와의 대화에서
그 여자의 '수준'을 알고 싶어한다

학벌은 얼마나 되는지? 집안은 얼마나 사는지? 이런 것들은 상대방과 나를 비교해 보기 위한 기본적인 절차이다. 그러나 남자가 이 같은 것을 알아보는 것은 여자들과는 이유가 조금 다르다.

한 결혼정보회사의 조사에 따르면, 남자는 결혼상대자를 찾을 때 학벌과 집안이 자신과 같거나 조금 아래인 사람을 원하고, 여자는 자기와 같거나 조금 위인 사람을 원한다고 한다. 즉, 남자가 여자의 집안을 보는 것은 그 여자의 재산 정도를 보는 것이 아니라, 여자의 가정환경과 교육 정도를 보기 위한 것이다.

만약 만나는 남자가 마음에 든다면 그 남자의 수준을 대강 파악한 후 그 정도에 맞추어 주는 것이 가장 현명한 방법이다. 팁을 한 가지 주면, 요즘은 남자가 여자를 볼 때 '지적 수준'을 고려하는 비중이 점차 상승하고 있다고 한다!

남자는 여자의 친구들에 대해 알고 싶어한다

친구들을 알면 그 사람의 수준을 알 수 있다. 이런 이유에서 친구들이 중요하겠지만, 아직 결혼 전 남자들의 세계에서는 여자친구의 친구들이 이쁘거나 하면 도움(?)이 되는 경우가 있기 때문이다.

남자는 여자와의 대화에서 '남자관계'를 알고 싶어한다

이성관보다 더 남자들이 궁금해 하는 것이 그 여자의 남자관계이다. 남자입장에서 솔직하게 이야기를 하면, 남자들은 외모보다는 그 여자의 '남자관계' or '쿨한 정도'에 맞추어 그 여자를 대하는 태도가 달라진다.

만약 마음에 드는 남자가 이런 것을 궁금하게 생각을 한다면, 아예 없다고 말할 필요도 없고, 지나치게 자랑할 필요도 없다. 그냥 한 2~3번 정도 남자친구가 있었다고 말하는 것이 가장 무난한 방법이 될 것이다. 남자는 외부환경에도 민감하게 반응하는 여자들과 다르게 여자의 내부환경에 더 민감하게 반응한다.

연애를 못 하는 사람들의 가장 큰 특징 중 하나가 무엇일까? 바로 '착한 사람 콤플렉스'이다. 상대방이 무조건 착한 사람을 좋아할 것이라고 생각하는 것인데 물론 맞는 말이다. 내가 만나는 사람이 착한 사람이기를 바라는 것은 당연한 것이다.

그러나 무조건 착한 사람과 재미있고 즐거운 연애를 할 수 있느냐? 로 질문이 바뀌면 답이 달라진다. 사람은 무조건 착한 사람은 좋아하지 않는다. 착한 것도 상황에 따라, 분위기에 따라 착해져라. 무조건 착한 사람은 착한 사람으로 끝이 나는 것이 아니고, 만만한 사람이 될 수 있기 때문이다.

늑대는 왜
여우보다 섹스를 좋아하는가?

　　남자와 여자의 차이점을 분석하는 방법에는 크게 3가지가 있다. 남녀의 차이를 유전적·호르몬적으로 분석하는 과학적 방법, 사회적인 관계에서 바라보는 사회학적 방법, 그리고 인간과 인간의 관계를 보다 더 세밀하게 분석한 심리학적 방법이다.

　　일반적으로 나는 남녀의 차이를 사회적·심리적으로 설명하려고 한다. 그 이유가 과학을 이용하면 객관적이기는 하지만 내용이 재미가 없어질 수 있기 때문이다. 그러나 도저히 사회학이나 심리적으로는 내 생각을 확실히 전달할 수 없는 경우가 있다. 바로 섹스에 관한 이야기가 그것이다.

　　연애컨설턴트로 활동하면서 신문 등에 글을 쓸 때 '남자는 섹스를 좋아한다'라고 이야기를 하면 자신은 그렇지 않다고, 세상에는 그렇지 않은 남자들도 얼마든지 있다고 항의하는 남자분들이 종종 있었다. 물론 나 역시 순진한 농촌총각의 한 사람으로서 이해할 수 있다.

　　그러나 남자가 여자보다 섹스를 좋아한다는 것은 단순히 내 생각만

이 아니고 과학적으로도 증명된 사실이라는 것을 말하고 싶다. 즉, 이것은 '진실'이 아니고 '사실'이라는 것이다.

남자는 왜 여자보다 섹스를 좋아하는가?

과학적으로 남녀의 차이를 이야기할 때 가장 기본적으로 알아야 할 것이 바로 호르몬이다. 흔히 남성 호르몬으로 불리는 '테스토스테론'과 여성 호르몬이라고 불리는 '에스트로겐'이 바로 그것이다.

테스토스테론은 남성을 남성답게 만들어 주고(공격성), 에스트로겐은 여성을 여성답게(침착 · 안정) 만들어 준다고 한다.

쉽게 예를 들면 교도소에 수감되어 있는 사람이 난폭하게 굴 때 진정시키기 위해서 쓰는 것이 에스트로겐이고, 여성이 월경 전에 성격이 조금 민감해지고 난폭(?)해지는 이유가 바로 이 테스토스테론의 양이 증가하기 때문이다.

그러나 이런 호르몬적인 이유만으로 남자들이 포르노에 몰두하고 섹스에 집착하는가?

인간의 몸에서 섹스 중추는 뇌의 일부분인 시상하부에 있다고 한다. 이 부위는 인간의 정서 · 혈압 · 심장 박동 등을 통제하는데, 그 크기가 체리 정도이며, 무게는 약 4.5g 정도이다.

　이 시상하부는 특히 테스토스테론 호르몬이 성욕을 자극하는 부위이기 때문에 중요한 곳이며, 이런 이유에서 시상하부를 '섹스 중추'라고 부른다. 시상하부는 여자·동성애자·양성애자보다 보통 남자의 것이 더 크다.

　또한 이렇게 중요한 남자의 시상하부가 여자보다 10배에서 20배나 더 많은 테스토스테론을 분비한다는 것을 알고 나면 남자들이 왜 그렇게 섹스에 집착하는지를 조금은 이해할 수 있을지도 모른다. 게다가 지금껏 우리 사회가 남자들의 성욕에 매우 관대한 사회였던 것을 감안할 때 늑대가 여우보다 더 섹스를 밝힌다는 사실은 더욱더 그럴 듯하게 들린다.

　물론 이 같은 과학적 근거가 있다고 해서 일부 남자들(?)의 문란한 성생활 등이 용납되는 것은 아니다. 단지 남자의 성욕에 대해 막연히 알고 있는 과학적 이유인 '종족 번식의 욕구' 정도의 설명으로는 우리들이 가지고 있는 생각들을 뒷받침하기에 조금 근거가 부족하다고 생각되어서 최대한 간단하게 정리를 했다. 조금이라도 더 남녀의 차이를 알고 연애를 해서 서로를 이해하는 데 도움이 되었으면 한다.

왜 늑대는 연애 경험을 자랑스럽게 생각하는가?

세상에 자신이 '선수'라고 자랑하고 다니는 사람들이 많아진 걸 보면 세상이 참 좋아졌구나 하는 것을 느낄 수 있다.

서점에 가서 연애 관련 서적을 살펴보면 30% 정도가 '어떻게 하면 여자를 꼬실 수 있나?' 하는 이야기들이며, 주위를 봐도 여자 경험이 많다는 사실을 숨기지 않고 당당히 말하는 남자들이 많이 있다.

왜 남자들은 자신의 과거를 자랑스럽게 생각할까?

남자들 사이에서 지난 과거는 마치 훈장과 같다고 비유된다. 이는 여자와의 그 자체가 남자들 사이에서 상당히 관심 있기 때문이기도 하지만, 남자가 남자에게 과거를 자랑하는 근본적 이유는 남자들의 세계에서 우위를 점하기 위함이다.

예를 들어서 낯선 남자 5명이 모여서 대화를 한다고 할 때 분위기를 주도하는 사람은 어떤 사람일까? 똑똑하거나 잘생긴 남자일까? 아니다. 남자들의 세계에서는 그냥 똑똑하거나 잘생긴 남자는 큰 영향력을 가지고 있지 않다.

오히려 돈이 많거나, 아는 여자가 많거나(여자 경험이 풍부하거나), 이것도 아니면 유치하지만 가장 싸움을 잘할 것 같은 남자가 분위기를 리드하게 된다. 남자들 사이에서 재미있는 사람은 분위기는 리드할 수 있지만, 리더는 되지 못한다.

여기서 우리가 볼 것은 경험 많은 남자이다. 남자들의 세계에서 남자가 여자 경험이 많다는 것은 그 자체만으로도 그 사람을 어딘가 다르게 보게 만든다. 또한 상대에게 "나도 괜찮은 여자 한 명 소개받을 수 있을까?"란 심리적 기대를 주어서 자기 편으로 만들 수도 있기 때문이다.

그럼 더 중요한 여자에게 왜 자신의 과거를 자랑하는가? 남자가 여자에게 경험을 이야기할 때는 크게 두 가지 이유가 있다.

첫 번째 이유

그 여자를 정말 맘에 두고 있는 경우이다. 단 이런 경우에는 자신의 화려했던 경험을 이야기하기보다는 여자에게 자신이 과거의 여자에게 얼마나 자상했고, 잘 했었는지를 중심으로 말해주는 경우가 많다.

자신이 얼마나 여자를 배려하는지, 자신이 얼마나 괜찮은 남자인지를 상대에게 그런 식으로 표현함으로써 그 여자가 자신을 자상하고 따뜻한 사람으로 알아주었으면 하는 것이다.

이런 경우의 다른 특징은, 자신의 과거는 최대한 줄여서 이야기를 한다. 그래서 결과적으로는 자신을 과거를 숨기지 않는 솔직한 사람으로 보이게 만들며, "이 남자를 만나면 최소한 속은 썩지 않겠구나"라는 생각을 가지게 만든다.

두 번째 이유

남자가 여자를 시험하는 경향이 크다. 초반 접근에서 자신의 과거를 지나치게 말하는 남자는 분명 그 의도가 섹슈얼할 확률이 높다.

세상이 하도 쿨하게 돌아가는 세상이라 요즘은 상당히 개방적인 사고방식을 가지고 있는 여자들이 늘고 있다.

그러나 그런 내색을 함부로 할 수는 없는 것, 이 경우에 남자는 이것을 알고 있다. 괜찮은 타깃이 생기면 이와 같은 작전을 써 여자의 성격을 파악하려고 한다.

마치 오래된 개그 중에 '남의 집에 공 던져놓고 몰래 들어가서 걸리면 공 가지러 온 거고, 안 걸리면 도둑질하듯이', 슬쩍 섹스 어필한 이야기를 하고, 여자가 그 이야기에 호응을 보이면 그것을 시작으로 은근한 작업을 시도하고, 만약 초기 반응이 안 좋을 경우에는 여자를 시대에 뒤떨어진 사람으로 만들어 도발을 유도하든지 다른 방법을 모색한다.

확실한 건 많은 경우에 초반 만남에서 섹슈얼한 이야기를 많이 하는 남자는 그 목적이 순수하지 않을 확률이 높다는 것이다.

그럼, 첫 번째 남자가 여자에게 솔직하고 진지한 사람으로 보이는 게 목적이었다면, 두 번째 남자는 여자에게 무엇을 알리려고 그런 대화를 할까?

아마 이런 심리일 것이다.

"당신이 나와 하룻밤을 보낸다 해도 전 당신을 헤픈 여자나 이상한 여자로 보지 않습니다."

"당신이 나를 믿고 함께 잠을 잔다고 해도 전 우리 둘만의 비밀을 지킬 것입니다."

그리고 여자에 대해 잘 아는 척해서 '피임'이나 그런 것들에 대해 걱정할 필요가 없다는 것을 암시하려는 심리일 것이다.

그렇다고 여자들이 무조건 선수를 싫어하느냐? 꼭 그런 것도 아니다. 내가 했었던 그룹 인터뷰에서는 여자들이 선수들을 결혼 상대자로는 부담스럽지만, 연애 상대로는 한 번쯤 만나보고 싶다는 의견이 있었다.

여자들이 선수와 한 번쯤
연해하고 싶어하는 이유 7가지

1. 선수라 함은 먼저 그 외모를 이미 인정받은 사람일 것 같아서 좋다.

2. 아마도 대화의 분위기를 이끌 줄 알고, 유머가 있을 것 같으며, 여자를 대하는 매너가 무언지 알고 있을 것 같다.

3. 연애 경험이 풍부하기에 어떻게 데이트를 즐겨야 하는지 잘 알고 있을 것 같다.

4. 나를 위한 이벤트를 준비해 줄 것 같다. (영화 같은 사랑)

5. 서로 밀고 당기는 스릴이 있을 것 같다.

(주기만 하는 사랑도, 받기만 하는 사랑도 싫증난다.)

6. 스킨십 등에 능하다.

(해야 될 때와 하지 말아야 할 때를 정확히 구분하고, 키스를 해도 서툴지 않을 것 같다)

7. 다른 친구를 만난다 하더라도 화내지 않을 것 같다. (구속받지 않을 것 같다.)

3할의 의미?

3할이란 야구에서 타자가 10개의 볼 중에서 안타를 3개 이상 친다는 뜻의 야구용어이다. 얼핏 들으면 10개 중에 3개밖에 못 친다고 할 수도 있으나 국내 프로야구 전 구단에서 3할 이상의 타율을 가지고 있는 타자는 겨우 15명 정도이다. 그 정도로 이 3할은 높은 확률을 의미한다.

이 법칙은 연애에 있어서도 적용된다. 제아무리 뛰어난 선수라도 마음에 드는 모든 여자를 자신의 여자로 만들수는 없다. 즉, 지금껏 10명의 여자를 만난 남자가 있다면 이 남자가 실제로 접근했던 여자는 30명 정도가 될 것이라는 말이다. 접근이라는 것이 꼭 사귀자고 해야만 접근이 아니다. 선수는 식사 한 번, 차 한 잔에서도 접근을 시도한다.

사람들은 단순히 결과로만 그 사람을 판단한다. 그 사람이 몇 명에게 접근을 했었는지보다는 몇 명을 만났는지에 관심이 있다. 만약 당신이 누군가에게 관심이 있다면 "지금까지 몇 명이나 사귀봤어요?"보다는, "몇 명이나 좋아해서 몇 번이나 사귀봤나요?"라고 물어보는 것이 더 정확하지 않을까? 물론 쉽지는 않겠지만 말이다.

늑대들이 마음에 들지 않는 여우에게 하는 말

남녀의 만남에서 '말'이라는 것은 때때로 '숨겨진 뜻'을 가지고 있는 경우가 있다. 예를 들어 여자는 마음에 들지 않는 남자에게 친구 or 좋은 오빠 동생 사이로 지내자는 말을 한다. 그런데 이 말이 가지는 속뜻은 너무 명확하게도 "넌 내 남자친구가 되기에는 부족해!"라는 뜻이다.

그러나 이와 비슷한 말을 남자들도 한다. 남자들은 마음에 들지 않는 여자들에게 어떤 식의 말을 할까?

친구로 지내자

남녀 모두 가장 흔하게 쓰는 말이 바로 이 말이다. "친구로 지내자!" 이 앞에 '좋은' 정도의 형용사가 붙여주면 더 형식을 갖출 수 있다. 일반적으로 이 말은 "우리 그냥 남남으로 지내자"라는 뜻이다.

상대에게 이런 말을 들었을 때, 남녀의 행동은 어떻게 차이가 날까?

남자들은 말뜻을 알아듣고 좋은 친구나 오빠 등의 말은 안 들은 걸로 생각해 버린다.

그러나 여자들은 조금 다르다. 여자들은 남녀관계의 친구 등을 믿는 시각의 차이도 있지만, 여자들은 좋은 친구 or 오빠로 만나다가 보면 언젠가 자신의 존재와 가치를 인정해 주는 날이 올 거라 믿는다. 그러나 사실 이런 바람은 남녀관계에 아무런 도움이 되지 않는다.

인상이 참 좋으세요

큰 매력이 없거나, 뚜렷한 캐릭터가 없는 사람에게 당신은 어떤 표현을 쓰는가?

아마도 "착하다!" 정도의 표현을 쓸 것이다. "인상이 참 좋으세요!"라는 말은 분명 "매력이 있어요"라는 말과는 확실히 다른 말이다.

이 말의 의미는 "인상은 좋으시네요. 그러나 내 타입은 아닙니다"라는 뜻이다.

이것을 확실히 알고, 괜히 좋다니까 무조건 좋은 뜻으로 착각하는 여성분들이 없었으면 좋겠다. 외모를 표현하는 단어 중에서 '이쁘다'를 제외하고 남자들에게 크게 중요한 단어는 별로 없다.

전화해!

이상하게 들릴 수도 있다. 전화하지 마! 도 아니고 전화해! 라고 하는

데 왜 마음에 들지 않는 사람에게 하는 말이라는 것인가?

그렇지만, 답은 너무나도 간단하다. 남자는 마음에 드는 여자에게는 다정한 목소리로 "이따가 전화할게!"라고 말하지, "나중에 전화해"라고 말하지는 않는다. 왜냐하면 이 말의 속뜻은 "내 돈 내고 너에게 전화하기는 싫다"이기 때문이다.

남자는 좋아하는 사람을 위해서는 돈이나 시간을 아끼지 않는다. 남자친구가 있는 여자들은 이 방법으로 남자친구를 간단히 테스트할 수 있다.

데이트하고 헤어질 때나 전화를 끊을 때 남자친구가 전화를 하라고

하는지? 아니면 한다고 하는지? 를 잘 확인해 봐라. 이것만 가지고 애정도를 판단할 수는 없겠지만, 분명 한 가지 좋은 방법이 될 것이다.

언제 다음에 한번 보자

여자들이 많이 혼동하는 경우가 바로 이것이다. 이것은 남녀의 문화차이 때문일 수도 있다.

남자들끼리는 흔히 이런 말들을 한다. 바로 "언제 소주 한잔 해야지?"로 대표되는 인사말 문화이다.

중요한 건 남자들끼리는 서로의 관계를 파악해서 그게 진심인지, 인사말인지를 한 번에 파악할 수 있는 데 반해, 여자들은 이런 말을 잘 파악 못 하고, 그게 진심으로 나중에 데이트 신청을 한다는 말로 받아들인다.

만약 지금 당신에게 접근하는 남자가 있을 때, 그 마음이 진심인지 아닌지를 파악하고 싶다면 이렇게 해 보라. 기다리고 있다가 그 남자가 정말로 데이트 신청을 해온다면 그가 진심, 아니면 그냥 인사말이었다고 생각하면 된다.

확실한 건 남자들의 세계에서는 "언제 소주 한잔 해야지?" 식의 인사말 문화가 만연한다는 것이다. 이것은 여자들이 아무리 봐도 안 어울리는 파마를 한 여자에게 "언니 파마 너무 잘 나왔다, 귀여워!"라든가, 전혀 안 이쁜 여자에게 "언니 점점 더 이뻐지는 것 같아!"라고 하는 빈말 문화와 비슷하게 생각하면 이해가 쉬울 것이다.

요즘 좀 바쁜데

단언하건대, 좋아하는 여자와 데이트 한 번 하지 못할 정도로 바쁜 남자는 정말 없다. 만약 정말 그렇게 바쁜 사람이 있다면 꼭 잡아라. 나중에 대성할 사람이니 말이다. "요즘 좀 바쁜데"의 뜻은 그냥 시간이 없어가 아니고 "너 만날 시간은 없어"로 해석해야 한다.

늑대는 여우의 감정변화를 노린다

남자와 여자에 대해 생각할 때 일반적으로 떠오르는 것들이 있다. 그것을 스테레오 타입 비슷한 말로 고정관념이라고 한다. 물론 이런 고정관념들이 100% 맞는 것은 아니겠지만, 많은 부분에서 공감하는 내용들이 있다.

그럼, 남자들이 생각하는 여자에 대한 고정관념은 어떤 것이 있을까?

가장 대표적인 것이 바로 "여자는 감성적이다"라는 것이다. 실제로 여자는 감성적으로 보일 때가 많다. 지나가다 어린아이를 보면 정말 예뻐서 그러는지도 모르겠지만 예쁘다고 소리를 치고, 누가 애완견이라도 데리고 지나가면 아주 난리를 친다.

영화를 볼 때는 어떤가? 사실 남자가 볼 때는 별로 슬프지도 않은데 갑자기 울상이 되어서 훌쩍거리기 시작한다. 이런 행동들이 여자들 스스로가 자신들을 더욱 매력있는 여성으로 보이게 하려는 연출인지 아닌지의 진위는 넘어가자. 나는 이런 것들을 여성의 모습으로 볼 때 남자 입장에서는 이를 충분히 이용할 수 있다는 이야기를 하고 싶다.

간단히 예를 들면, 남자는 여자친구에게 선물을 많이 한다. 이런 선물이 전략까지는 아니겠지만, 여자친구의 기분을 좋게 만들어 주기 위해서인 것은 확실하다. 그리고 그 선물의 반응은 거의 확실하다.

감각적인 선물은 여자의 이성을 마비시킨다. 그래서 드라마에서도, 실제로도 외도 또는 무언가 잘못한 한 남편은 부인에게 선물을 주는 경우가 많다.

이 문제를 조금 확장해서 보면, 남자의 경우는 마음에 들지 않는 여자가 선물을 주거나 잘 해준다고 해서 그 여자에게 마음이 가는 경우가 별로 없지만, 여자의 경우는 별로 마음에 들지 않더라도 '마음에 드는 선물'을 받으면 그 다음부터는 자신도 모르게 그 남자를 다시 보게된다!

아니라고 할지 모르지만 실제로 '열 번 찍어 안 넘어가는 나무 없다!'는 말이 틀린 말이 아니라는 것을 우리는 이미 주위에서 많이 봤다.

남자들의 세계에서는 우호적임을 표현하는 기준이 다르다. 감성적인 여자들의 세계에서는 서로에게 "예쁘다"는 말을 함으로써 우호적임을 표현하지만, 감성보다는 현실을 중요하게 생각하는 남자들에게 서로에게 잘생겼다는 말은 아부에 지나지 않는다.

남자들은 이런 말보다는 행동에서 나오는 어떤 결과를 중요하게 생각하기 때문이다. 그래서 여자는 마음에 드는 남자가 있으면 편지 등을 통해서 마음을 알리고 싶어하지만, 남자는 편지보다는 다른 것들이 더 효과적이라고 믿는다.

이런 이유에서 남자들끼리는 잘 보이는 선수가 여자들에게는 잘 보이지 않는 것이다. 여자들은 남자들이 자신에게 잘 해주면 아무리 남들이 조심하라고 해도 그것이 그 사람의 진짜 모습일 거라고 믿어버린다.

남자들은 여자들의 감성적인 면을 활용한다. 데이트에 와인과 예쁜 양초 그리고 음악이 있다면 그 데이트의 성공확률은 80%가 넘어간다. 여기에 약간의 유머와 개인기가 있다면 그 성공확률은 95%가 넘어간다.

늑대는 이미 여우의 감정적인 약점을 알고 있다. 그렇기에 같은 남자끼리는 하지 않는 외모에 대한 칭찬을 여우들에게 아끼지 않는 것이다.

실제로 특별한 선수가 아닌 평범한 남자들도 이런 정보를 많이 접하고 있어서 주위 여자들이 머리를 하거나 외모에 변화를 주면 그것을 알아차리려고 노력하고 있다.

이렇듯 남자들은 여자들의 감정을 읽고 이것을 이용하고 있다. 이것을 알고 있다면 이를 역으로 이용하고 안 하고는 스스로의 문제이다.

어쩌면 나보다도 먼저 이것을 알고 여성들 스스로가 '겉으로는 강해 보이지만, 속으로는 약한 남자들'에게 일부러 약한 척을 해서 접근을 유도했는지도 모르겠지만 말이다.

여우는 딱 키스까지만! 늑대는?

만난 지 얼마 되지 않은 커플이 있다고 치자. 주말에 식구들이 모두 여행을 가서 남자친구를 초대해서 함께 점심을 먹으려고 한다. 점심을 먹고 영화를 빌려서 보다가 순간 분위기가 묘해져서 키스를 하게 된다.

남자친구와의 첫 키스… 사실 은근히 기다렸기도 했지만, 혹시 진도가 너무 빠르지 않나? 날 너무 쉽게 보는 건 아닐까? 스스로 고민도 한다.

그런데 내가 이런 고민을 하고 있는 순간 무언가 이상한 느낌이 든다! 나도 모르는 사이에 남자친구의 손이 날 더듬고 있기 때문이다.

여자는 남자와의 스킨십에서 여러 가지를 동시에 생각한다. 그러나 남자도 그럴까?

여우가 딱 키스까지만 원할 때! 늑대도 여자의 의견을 존중해 줄까? 냉정하지만 솔직하게 이야기를 하면 답은 'NO'이다.

실제 상담사례를 한번 보자.

27살의 남자와 25살의 여자. 이들은 같은 학교 캠퍼스 커플, 이른바 CC로서 1년의 교제를 해왔다고 한다. 처음과 달리 어느 정도 시간이 흐르자 남자친구는 서서히 더욱더 많은 스킨십을 요구(?)해 왔고, 여자는 점점 조여오는 남자의 요구를 뿌리치기가 어려워졌다.

내가 상담 메일을 받은 것이 그 시점이었다.

조금 이중적이지만 단순 교제 중인 남녀 사이에서 섹스란 남자로서는 반드시 넘어야 할 벽인 반면, 여자에게는 죽어도 지켜야 할 선이다. (이는 섹스 그 자체가 어떤 문제라기보다는, 그로 인해서 생기는 심리적인·

육체적인 책임 때문이다.)

스킨십 상담을 할 때 나는 최대한 여자의 입장에서 이야기를 한다.

이런 경우에 여자는 약간 보수적인 성향이었기 때문에 남자친구의 요구를 쉽게 들어줄 수가 없었다. 남자친구를 아직 너무나 좋아해서 그저 편하게 함께 있고 싶을 뿐인데, 남자친구는 보기만 하면 만지려고 했다고 한다.

처음에는 잘 이야기하고 달래서 넘어가고는 했지만, 시간이 지날수록 남자친구의 투정이 심해져서 힘들다고 했다. 남자친구는 졸업하고 사회에 나가 있고 자신도 졸업을 앞둔 상황에서 조금만 더 기다려 주면 될 것을 왜 저렇게 자꾸 요구하는지 자신은 도저히 이해할 수 없다는 말과 함께 메일을 보내왔다.

이런 스킨십 문제에서 언제나 가장 중요한 것은 자신이 분명한 기준을 가지는 것이다. 또한 그것을 당당하게 표현해야 한다. 여성이 어떤 확실한 기준을 가지지 못한 상황에서는 남자의 요구를 쉽게 뿌리치기가 어렵다.

이 여자의 경우는 기준은 가지고 있었지만, 표현은 하지 못했다. 그저 '결혼한 다음에', 또는 그냥 '나중에'라는 말로는 절대 그 남자가 포기하지 않을 것임을 알기에 입장표현을 확실히 하라고 했다.

그리고 남자 입장에서도 이야기를 해 주었다. 아직 남자친구를 좋아하는 상황에서 남자친구에 대해 스킨십 문제로 안 좋은 이미지를 가지게 되는 것이 잘못되었다고 생각했기 때문이다. 사람에 따라 차이는 있겠지만 사실 27살이나 먹은 남자입장에서 볼 때 1년 정도 사귄 여자친구와 잠을 자기를 원하는 건 어쩜 당연하게 생각할 수도 있는 문제라고, 그것이 그 남자가 변태라서가 아니고 정상적인 남자이기 때문임을 말해 주었다. 그리고 여러 가지 남자들의 심리에 대한 질문에 답을 해 주었다.

사실 나도 알고 있다. 남자라는 사람들이 자신이 원하는 것을 얻기 위해서 얼마나 징징대는 존재인지를, 그래서 남자들의 스킨십 요구를 여자들이 거절하기가 얼마나 어려운지를 알고 있다.

그럼, 여기서 재미있는 사실 2가지를 한번 보자.

1. 남자는 결정적 순간에 여자가 거부가 하면, 팅기는 거라고 생각한다!

2. 남자는 여자가 'No'라고 명확하게 표현하지 않은 사실은 'Yes'로 해석해 버린다!

일반적으로 남자들이 사실로 믿는 이 말 속에는 남녀 모두 50 대 50의 책임이 있다. 실제로 많은 남자들이 여자의 No가 Yes로 가기 위한 관문이라고 생각을 한다. 이것이 얼만큼이나 정확한지는 알 수 없다. 중요한 건 상황에 따라서는 여자들의 No가 팅기는 게 아닌 진실일 수 있다는 것이다.

그러나 안타깝게도 남자들은 이런 사실을 잘 느끼지를 못한다. 남녀차별이나 그런 문제를 떠나서 특히 스킨십 문제에서만큼은 여자가 남자보다 통제가 조금은 더 수월하다.

그렇기 때문에 여성 스스로가 통제를 하지 못하고 조금 조금씩 양보를 하다보면 결국은 스스로가 생각하지 못한 시점에서 자신이 정한 선을 넘게 되는 것이다.

남자들은 여자들이 'No'라고 하지 않은 것은 'Yes'로 받아들인다! 즉, 거절할 때는 냉정하게 거절해야 하는 것이 여자들이 스스로를 지키는 가장 확실한 방법이며, 이를 지키지 못해서 다가오는 결과의 50%는 여자 스스로도 책임이 있다고 볼 수 있다.

채팅하는 남자들의 심리
& 음흉한 남자 구별법

　내가 고등학생 때 채팅은 고급문화 기술이었다. 집집마다 컴퓨터도 없었거니와 지금처럼 빠른 인터넷 전용선은 생각도 못했으니까 말이다. 나는 그때 친구들과 우체국에서 단말기를 빌려서 전화선에 연결해서 채팅을 했었다.

　본론으로 돌아와서 채팅이 나쁜 것은 아니다. 다만 그 좋은 인터넷 기술을 가지고 나쁘게 사용하는 사람들이 나쁜 것이다. 한국문화진흥원 인터넷 중독 예방 상담센터의 연구에 따르면, 우리나라에서 인터넷 등을 통해 여자를 만나려는 남자의 90%는 단순한 만남 이상의 것을 목적으로 하고 있다고 한다.

　이른바 '번개'로 불리는 채팅을 통한 만남이 우리 사회에 나타난 것은 꽤 오랜 시간이 지났지만, 채팅에 대한 인식은 오히려 전보다 더 나빠지면 나빠졌지 좋아지지는 않은 것 같다.

　오히려 기술이 점점 발전함에 따라 그냥 채팅에서 화상채팅으로, 그리고 그런 부정적인 이미지를 포장하기 위해서 일단 인터넷 공간에서 먼저 친밀감을 형성시킨 후에 만남을 갖는 그런 형식으로 변화하고 있기도 하다. 바야흐로 채팅도 시대에 맞게 변화하고 있는 것이다.

그럼, 왜 남자는 오프라인이 아닌 온라인을 이용해 여자를 만나려고 하는가?

핵심만 이야기를 하면 채팅을 통해서 여자들을 만나려고 하는 남자는 채팅을 하는 여자들이 그렇지 않은 여자보다 자신의 욕구를 더 쉽게 채워줄 수 있다고 생각을 한다.

더 쉽게 표현하면, 채팅을 통해 만난 여자가 일상생활에서 만난 여자보다 쉽게 섹스를 할 수 있다고 믿는 것이다.

이런 상황에서 남자들의 그 불순한 목적이 늘 달성되는가? 그것도 아니다. '번개'를 통한 만남을 보면 80% 이상이 이른바 폭탄, 즉 펑이다. 물론 이것은 남녀 서로가 마찬가지이다. 그리고 남자와 여자의 번개 목적이 다르기 때문도 중요한 원인이 된다.

앞서 말했듯이 남자들의 목적은 이미 정해져 있다. 그렇기에 한결같은 행동을 한다. 그러나 여자는 그런 목적보다는 그냥 재미삼아서 밥이나 술 등을 얻어 먹으려고 나오는 경우도 많다.

물론 상황에 따라 남자들이 마음에 들면 달라질 수도 있지만, 남자처럼 처음부터 작정을 하고 나오는 여자는 많지가 않다. 만약 이런 만남에서 여자가 몸을 허락한다면 그냥 맨정신이라기보다는 술에 취한 경우가 많다.

음흉한 남자 구별법

사이버 공간에서 그리고 일단 만나고 난 후에 아래와 같은 식으로 접근을 하는 남자는 그 목적이 순수하지 않을 확률이 매우 높다.

사이버 공간에서

1) 키와 몸무게를 강조하는 남자   ex) 180/70 이런 식…

(거의 다 거짓말이다)

2) 성적인 농담 or 성적으로 진지한 이야기를 하는 남자

(어떻게 말해도 같은 말이다)

3) 쪽지 등을 자꾸 보내거나, 드라이브 가자는 남자

(뻔한 놈이다)

4) 이사온지 얼마 안 돼 친구가 없다는 남자　　　(불쌍한 놈이다)

5) 돈자랑 하는 남자　　　　(사실 없는 놈일 확률이 높다)

6) 방팅하자니까, 계속 둘이서만 만나자고 하는 남자

(그나마 솔직한 놈이다)

7) 뭐 필요한 거 없냐고 사줄 것처럼 이야기하는 남자

(다 받고 인터넷에 유포시켜라)

일단 만나고 난 뒤

1) 자꾸 지역을 벗어나려고 하는 남자　　　　(똑똑한 놈)

2) 웃으면서 계속 술 권하는 남자   (전형적인 놈)

3) 12시 지났는데 자꾸 영화 보러 가자는 남자, 안 되면 DVD방이라
　도 가자는 남자   (능력도 없이 음흉한 놈)

4) 만나도 낮에 안 만나고 밤에 만나려고 하는 남자

                        (나름대로 전략적인 놈)

5) 자기 자취하는 거 강조하는 남자   (대놓고 음흉한 놈)

6) 자신의 매너를 강조하거나, 자신은 절대 믿을 만한 놈이라고 주장
　하는 남자   (어리석은 놈)

7) 장난이라도 집에 그냥 간다고 하니까 얼굴 표정 변하는 남자

                        (티나게 불쌍한 놈)

　'번개'에 들이는 시간과 돈이면 주위에서 충분히 좋은 상대를 발견할 수 있음에도 남자들이 그것을 하는 이유는, 그 만남이 부담 없는 일회성인 경우가 많고, 새로운 사람을 많이 만날 수 있다는 점, 그리고 만나기 전의 그 기대감, 설레임, 뚜렷한 목표의식을 가지고 노력해 성공했을 때의 성취감과 그 과정에서의 재미 때문이다.

"지나친 번개는 중독 등을 유발하고, 성에 대한 잘못된 생각을 가지게 할 수 있으며, 특히 청소년과 유부남의 정서에 해롭다."

- 연애 컨설턴트 이명길 -

늑대들이 스스로
멋지다고 생각할 때는?

1. 예쁜 여자친구와 돌아다니다 아는 사람 만났을 때
   - 주위 사람들과 친구들이 쳐다봐 줘서 자기 능력에 스스로 만족해 한다.

2. 헬스나 운동 끝나고 자기 몸을 볼 때, 운동하면서 땀을 질질 흘릴 때
   - 운동 후 순간적으로 불어난 자신의 몸을 보면서 권상우나 배용준과 비슷하다고 생각한다.

3. 남들이 다 맞다고 하는데 자기만 아니라고 주장할 때
   - 자기는 할 말은 하는 사람이라고 스스로를 대견해 한다.

4. 자기가 가지고 있는 옷 중 제일 좋은 옷을 입고 나온 날
   - 이런 날은 직선거리도 먼 거리로 돌아서 온다.

5. 자기가 번 돈으로 주변 사람들에게 선물을 해줄 때
- 이제야 사람 노릇하는 자신을 흐뭇해 한다.

6. 자신에게 관심 있어 하는 예쁜 여자에게 커플임을 밝힐 때
- 자신이 깨끗하고 정의로운 놈이라고 생각한다. 그러나 현실에서는
그리 많지 않다.

7. 안 좋아하는 여자친구와 헤어지면서 붙잡지 않고 돌아설 때

늑대들의 은밀하고도
뻔한 비밀 — 자위 행위

아무리 선하고 착한 얼굴을 하고 다니는 남자라도 야한 동영상(야동) 몇 번 안 본 사람 없고, 자위행위를 안 하는 남자도 없다.

물론 여자들도 성에 대해 관심이 많겠지만, 여기서는 남자들이라면 다 아는 뻔한 이야기, 그러나 여자들은 잘 모를 수도 있는 남자의 자위행위에 대해서 이야기를 한번 해 본다.

남자에 관한 평범한 진리들

거의 모든 남자는 자위 행위를 한다

굳이 퍼센트로 따지자면 한 98% 정도(어떤 남자들은 100%라고 주장하는 사람도 있다). 실제로 남자들은 자위 or 섹스를 하지 않으면 정상적인 생활에 지장을 받을 수도 있다.

성인 남성은 하루에 약 1억 개의 정자가 생성되는데, 이것이 모이게 되면 정신·심리에까지 영향을 주게 된다. 더 솔직히 이야기를 하면, 남자는 정자가 쌓여 있음을 느끼게 되면 평소보다 여자가 더 예뻐 보인다.

또한 자위 중에는 아무 여자하고라도 실제로 하고 싶다는 충동을 느끼게 된다. 또한 건강한 남자가 오랫동안 잘 모아두었다면 밤에 야한 꿈을 꾸다 일어나서 속옷을 빨아야(?) 하는 경우도 생긴다.

남자친구가 이런 생리적인 자위 행위를 한다고 해서 나쁘게 생각할 필요는 없다. 어떤 여자들은 남자친구의 자위 행위가 자신으로 비롯된 행동이 아닌가 하고 자책감을 가지기도 하는데, 남자에게 자위 행위란 후회하면서도 하게 되는 취미가 될 수도 있기 때문에 절대 그럴 필요가 없다.

남자들 중 상당수가 야한 동영상을 본다

누가 나에게 인터넷의 편리한 점 중 한 가지를 꼽으라고 한다면 주저 없이 포르노를 들고 싶다.

벌써 한 13년 정도 된 것 같다. 중학교 2학년 때 친구들과 청계천에 가서 당시로서는 거금이었던 2만원을 주고 산 포르노 테입이 확인 결과 만화영화로 밝혀져, 태어나 처음으로 인생이 쓰다는 것을 알았던 기억이 말이다.

그 시절에 비하면 지금은 정말 살기 좋은 세상이 아닐 수 없다. 정말 자기는 아니라고 말하는 남자도, 하는 짓이 너무 착해서 여자 없이도 살수 있을 것 같은 남자도, 이런 것 싫어하는 남자는 없다. 우리나라 법에서는 음란물을 유포하거나 또는 시청하는 행위는 범법 행위이다. 만약

이 법대로 남자들을 본다면 대한민국의 모든 성인 남자(다수의 청소년들 포함)는 모두 범죄자에 해당된다.

왜 남자의 자위 행위가 여자보다 그 비율이 훨씬 높을까?

나는 남자의 자위 행위 비율이 여자보다 더 높은 원인을 신체적·문화적·심리적 요인 때문이라고 생각한다.

먼저 남자는 언제 어디서라도 자위 행위를 할 수 있다. 샤워실·화장실, 심지어는 학교 수업 중에도 주머니에 손을 넣어서 할 수 있다.

또한 그 시간이 길어야 3분 또는 5분 사이이다. 급박한 상황이거나 약간의 시청각 자료만 있다면 1분 이내에도 얼마든지 가능하다.

그러나 여자는 이렇게 짧은 시간 내에 자위가 불가능하다. 이것이 신체적인 차이점이다. 심리적인 요인에는 남자들은 다른 것 없이 신체적 자극만으로도 빠르게 욕구 해소가 가능하지만, 여자는 심리적으로 불안하면 몸도 반응을 하지 못한다. 즉, 편안한 공간, 아무도 없다는 것이 100% 확인되는 공간이 아니라면 여자는 아예 자위 자체를 생각하지 않는다.

마지막으로 볼 것은 문화적 차이이다. 남자들의 세계에서 자위 행위, 이른바 '딸딸이'는 친구들끼리는 거리낌없이 하는 농담이고, 친구가 딸딸이를 한다고 해서 이상하게 보지를 않는다. 오히려 하지 않는 친구를 이상하게 본다.

그러나 여자들끼리는 그런 이야기를 쉽게 하지 못한다. 어릴 적부터 정숙과 여자다움이 얼마나 중요한지 교육받은 여자들 입장에서는 그런 이야기를 하지도 못하고, 실제로 여자가 자위를 하면 이상한 사람이라고 생각하게 만드는 것이다.

많은 남자들이 스스로 변태가 아닐까 하고 생각한다

실제로 모든 남자들은 여자를 너무나도 좋아한다. 그리고 이중 상당수의 남자들이 자신이 여자를 너무 좋아한다거나, 성 충동을 너무 자주 느낀다는 이유로 변태가 아닐까 생각한다.

일반적으로 이 시기는 10대 후반에서 20대 초반의 어린 나이인 경우가 많다. 성(性)이라는 것이 남자들에게 훨씬 개방적이기는 하지만, 사회적으로 볼 때는 누구도 쉽게 말할 수 있는 것은 아직 아니다.

그게 옳고 그름을 떠나 다른 사람들에 비해 자신이 더 많은 성적 욕구를 가지고 있다고 생각하고, 자신에게 어떤 문제가 있을 수도 있다고 생각한다.

세상 모든 남자들은 여자를 좋아한다. 여기서 중요한 것은 '얼만큼 좋아하느냐?'가 아니라, 좋아하는 것을 '얼만큼이나 솔직히 표현하는가?'이다.

착한 남자와 자위 행위에는 아무런 상관관계가 없다.

여자들은 "저 남자는 절대 바람 안 필 거야" "저 남자는 야한 거 안 볼 거야" 등의 말을 하면서, 그 증거로 그 남자가 착하다는 점을 든다.

그러나 이는 아무런 근거가 없는 터무니없는 이야기로, 아무리 바보 같은 남자라도 포르노 등을 보고 싶은 충동이 생길 때가 있고, 포르노를 보고 있으면 자연스럽게 자위 행위를 하게 된다.

　너무 성실한 사람, 정말 진실해 보이는 사람, 너무 착해서 조금은 모자라 보이는 사람… 이런 겉으로 보이는 모습과 자위 행위와는 아무런 상관관계가 없다.

늑대의 마음을 확인하는 방법

이 남자가 정말 날 좋아하는가? 좋아한다면 얼만큼이나 좋아하는가? 사랑이라는 그 말을 정말 믿어도 될까?

이런 감정들이 낯선 남자들이 다가올 때 먼저 생각하는 여자들의 마음이다. 여자들은 "이 남자와 오래 갈 수 있을까?"라는 의문이 생기는 남자들을 만나면 대개 이런 생각들을 한다.

그러나 얼마나 '오래 만날 수 있는가?'는 사실 20대 연애에서 그리 중요한 것이 아니다. 보다 더 중요한 것은 만나는 동안 '얼마나 행복할 수 있는가?'이다.

물론 하루를 행복하고, 1년을 불행해 할 수도 있다. 고스톱에서도 좋은 패를 잡고 시작해야 기분도 좋고, 돈도 벌 수 있듯이, 처음에 어떤 남자와 시작을 하는가가 매우 중요하다.

이 남자가 얼마나 나에게 관심이 있을까?

마음에 드는 여자가 생긴 남자는 크게 3가지 유형으로 구분된다.

첫 번째는 단도직입형으로, 괜찮은 여자를 발견하면 바로 직접적인 접근을 하는 스타일이다.

두 번째는 인공위성형으로, 다가오지도 못하지만 그렇다고 포기하지도 못한다. 그저 주위를 빙빙 돌며 같은 위치를 지킨다.

세 번째는 자포자기형이다. 거절에 대한 두려움으로 안정거리를 유지하거나 그냥 포기해 버리는 스타일을 말한다.

이 중 어떤 남자가 괜찮은 남자일까?

일반적으로 여자들은 단도직입형을 좋아한다. 약간은 적극적이고 감정 표현이 확실한 남자를 좋아한다는 것이다. 그러나 이런 스타일의 남자를 만났을 때는 일단 한두 번 정도는 거절을 하는 것이 좋다. 그 남자가 정말 당신을 좋아하는지, 아니면 다른 목적이 있는지 알아야 하기 때문이다.

그리고 두 번째나 세 번째 스타일이 어쩌면 더 좋은 남자일 수도 있다. 남자가 여자에 대한 두려움을 느낀다는 것, 그것은 다시 말하면 그만큼 상대를 좋아한다는 뜻이다.

예를 들면 평소 얌전한 남자도 나이트나 클럽 등에 가면 주위 여자들에게 말을 잘 건다. 왜냐하면 이는 한 번 보고 말 것이라는 생각이 그 여자에 대한 두려움을 사라지게 만들기 때문이다.

만나도 될 남자인지는 어떻게 확인해야 하는가?

그 남자가 나에게 어느 정도나 관심이 있는지 알았다면, 그 다음은 그 말들이 얼마나 진심인지를 알아야 한다. 만난 지 얼마 안 된 남자들은 영원한 사랑이니, 너만 사랑하니 등의 말을 서슴지 않고 하며, 여자를 위해서 죽는 시늉도 한다.

중요한 것은 이 순간은 말하는 남자 스스로도 자신의 말이 마음에서 나오는 진심이라고 생각한다는 것이다.

물론 이것이 진심인지 아닌지는 나중에 헤어질 때 자연스럽게 알게 될 것이지만, 여기서는 그 남자가 만나도 될 남자인지를 확인해 보는 방법을 소개한다.

사람을 알고 싶을 때 가장 효과적인 방법은 그 사람의 주변 사람을 이용하는 것이다.

첫 번째는, 그 사람의 친구들을 알아보는 것이다.

친구들은 그 사람에 대한 진실된 면모를 말해 줄 수 있는 중요한 사람들이다.

이미 시작된 사이라면 친구들도 편을 들어주어서 힘들 수도 있겠지만, 아직 확실히 시작한 사이가 아니라면 편하게 어울리는 자리에서 그들의 말은 좋은 정보가 될 수 있다.

또한 친구들의 사고방식이나 생활 등을 보면 그 사람에 대해서도 대강 감이 올 수가 있다. 실제로 남자들의 친한 친구들을 보면 그 남자의 수준까지도 대강 파악할 수 있는 것은 사실이다.

두 번째는, 가족들(소중한 사람들)에게 하는 태도를 보아야 한다. 지금 당신과의 관계에는 모든 열정을 쏟아부으면서도 정작 가족들과의 관계에는 소홀한 사람이라면 나중에 어떻게 변할지는 아무도 모르는 것이다. 평소 가족들에게 하는 행동 등을 살펴본다면 그의 진짜 모습을 파악할 수 있다.

세 번째는, 그 남자의 과거를 알아보는 것이다.

사람은 했던 실수를 반복할 확률이 높다. 특히 남녀 관계에서의 문제는 더더욱 그렇다. 과거를 조사하라는 것은 아니지만 만약에 예전 만나던 여자와 나쁘게 헤어졌던 경험이 있다면 같은 일을 당할 확률이 높아진다는 것을 명심해라.

만나면서 함께 울고 웃고 할 수 있는 남자인지 확인해라

미래도 중요하지만, 더 중요한 것은 지금이다. 순간순간이 행복해야 더 밝은 미래가 올 수 있는 것이지, 그런 미래가 앉아서 고민한다고 다가오는 것은 아니기 때문이다.

남자를 만날 때는 그 남자가 문제를 어떻게 해결하려고 하는지 봐야 한다. 다툼이 무조건 나쁜 것이라고? 나는 그렇게 생각하지 않는다. 작은 다툼들은 서로를 이해할 수 있게 해 주는 네비게이션과 같은 역할을 한다.

단, 남자가 무조건 자기 생각만 한다든지 또는 화가 났다고 해서 막말을 하거나, 아예 무시해 버리거나 한다면 늘 행복한 순간순간을 만들기는 어려울 수도 있다.

그 남자의 살아가는 방식을 살펴봐라

남자들 중에서는 대충 살거나 내일만을 약속하면서 사는 사람들이 있다. 고등학생 때는 대학생이 되면 열심히 공부하겠다고 하고, 대학생이 되면 군대를 다녀와야 진짜 시작이라고 마음먹는다.

군대를 다녀오면 4학년이 되면 정말 열심히 준비하겠다고 하고, 4학년이 되면 사회에 나가면 밑바닥부터 최선을 다 할 것이라고 다짐을 한다. 취직하면 결혼을 해서… 하는 식으로, 인생을 나중을 기약하며 대충 살아가는 남자들이 있다.

이런 남자들은 연애도 대충 대충하려는 남자일 수 있다.

여우 피하는
늑대들의 귀여운 거짓말

모든 사람은 '제 잘난 맛에 산다'고 한다. 아무리 못나 보이는 남자도 자신이 중간 정도는 된다고 생각하고, 정말 별로인 여자도 자신이 나름대로 귀엽거나 매력이 있다고 느낀다.

그러나 아무리 잘난 사람이라도 자신이 좋아하는 사람에게는 두려움을 느끼게 된다. 솔직하게 이야기해서 무기가 좋으면 전쟁에서 승리할 확률이 높아지듯, 남자도 외모·학벌·능력·성격 등이 좋으면 그만큼 실패할 확률이 낮아지기 마련이다.

그러나 이런 조건을 다 갖춘 남자가 어디 있을까? 뭐 이런 조건들을 갖추기 위해서 여자 만날 시간이 없다고 할 수도 있지만, 여자 피하는 남자들의 유형은 대부분 이렇게 구분된다.

여자 만날 시간이 없다 형

귀여운 거짓말이다. 인생을 살면서 정말 바쁜 날들이 계속될 수 있다. 그러나 얼만큼이나 대단한 일을 하고 바쁜지는 모르겠지만, 적어도 20대라면 자신이 좋아하는 사람과 데이트 한 번 못할 만큼 바쁜 사람은 거의 없다.

제아무리 바쁜 사람들도 연애하고 사랑하고 할 거 다하며, 학교에서 수석을 하는 학생들도 커플인 경우가 많다. "자기 마음에 들지 않는 여자는 만날 시간이 없다"라면 모르겠다.

하지만 남자는 자기가 좋아하는 여자에게 쓸 시간 정도는 항상 준비해 가지고 다닌다.

여자에게 정말 관심이 없다 형

거짓이 눈에 보인다. 단호하게 말하면, 정상적인 모든 남자는 여자를 좋아한다. "나는 그 별로인 여자에게는 정말 관심이 없다"라면 모르겠지만, 무조건 "나는 모든 여자에게 관심이 없다"라면 말이 안 된다.

자신감이 없어서 안 돼 형

이 경우가 가장 많은 경우다. 어떤 핑계를 대도 사실 그 이유가 이것 때문인 경우가 많다. 거절에 대한 두려움, 실수에 대한 두려움 때문에 시작도 못 해 보고 많은 남자들이 중도에서 포기를 해 버리고는 한다.

이런 남자들은 현실적인 스타일이다. 즉, 여자들이 꼭 키 크고, 잘생기고, 돈 많고, 학벌 좋고, 집안 좋은 그런 남자들만 사랑할 것이라고 생각한다.

이런 남자들은 주위에서 못생긴 남자와 매력적인 여자 커플을 보면 무조건 남자가 능력(경제력)이 좋기 때문이라고 생각한다.

특별해서 아무나 못 만나 형

겉으로는 잘 표현 안 하겠지만 왕자병 스타일이다. 이런 경우들이 종종 있다. 정말 외모가 되든지, 아니면 집안이 받쳐주는 케이스여서 지금껏 주로 여자들이 먼저 접근을 해왔기 때문에 자기가 굳이 먼저 접근할 필요성을 못 느끼는 경우이다.

이런 남자들은 여자를 쉽게 생각할 수 있으며, 다양한 과거를 가지고 있다.

여자를 만나면 너무 긴장이 돼서 싫어 형

남자가 착하고 성실한 점은 마음에 드는데 자신감이 없어 보이는 게 마음에 걸린다면 바로 이런 스타일의 남자이다. 이런 남자는 여자를 친구로 대하는 것을 잘 못하는 사람이다.

처음에는 조금 지루하더라도 딱 3번만 더 만나봐라. 가볍게 술자리를 가지면서 대화 중에 몇 번 웃어주기만 하면 된다.

아마 만날 때마다 자신감이 생기면서 밝게 변해가는 그 사람을 보게 될 것이다. 이런 사람은 여자를 만나기 싫은 것이 아니고 경험이 별로 없어서 자신감이 없는 것이다.

운명적 사랑 형

로맨티스트라고 해야 할까? 아님 사랑조차도 운명에 맡길 만큼 게으르다고 해야 할까? 사람들은 경험을 하면 할수록 현실적이 되어간다.

이런 남자들은 확실히 현실감이 떨어지는 남자들로 약간은 소심할 수도 있고, 행동보다는 말이 앞서는 경우가 많다. 이들은 운명도 노력해야 한다는 사실을 모른다.

모 아니면 도 형

남자 중에서는 여자를 친구로 인정하는 사람도 있고, 그렇지 못한 사람도 있다. 이 경우는 그렇지 못한 경우이다.

여자와 친구로 지낼 수가 없으므로, 자신이 만나는 여자는 한 명뿐이어야 한다는 나름대로의 소신이 있다. 연인으로 발전할 경우 집착할 가능성이 있고, 성격 차이를 겪을 확률도 매우 높다.

세상에 아름다운 구속이 있다고 믿는 여자들은 이런 스타일을 만나면 그 믿음을 제대로 경험할 수 있다.

이외에도 많은 핑계들이 존재하지만 모두가 핑계에 불과하다.

세상에는 여자 만나기를 싫어하는 남자도, 여자를 싫어하는 남자도 없다.

늑대와 여우는 왜 보는 눈이 다를까?

우리는 지금까지 살면서 남자와 여자가 보는 눈이 다르다는 말을 참 많이 들어 왔다.

솔직히 나 역시도 여러 만남을 가지기도 하고, 주선해 보기도 하면서 여자끼리 하는 예쁘다는 말을 믿지 않게 되었다. 정말 예쁘다고 해서 희망을 가득 안고 갔다가 원폭 맞은 히로시마처럼 되어 버린 마음으로 쓸쓸히 집으로 돌아오던 그날을 잊을 수가 없기 때문이다.

아무튼 여자들은 자기들끼리는 무조건 다 예쁘단다. 예쁘지 않으면, 귀엽다고 한다. 또 레스토랑이나 극장 등에 가서 다른 사람들을 보고 평가할 때도 그 기준이 확실히 다르다.

왜 이런 차이가 나타나는가?

남자가 여자를 볼 때 가장 먼저 들어오는 것은 역시 얼굴이다. 요즘은 성형도 발달하고 화장술도 발달해서 몸매의 중요성이 점점 높아지고 있지만, 남자들에게는 그래도 얼굴이 가장 먼저 들어온다.

그 다음은 몸매가 들어오고, 그 다음에 들어오는 것이 옷 입는 것, 화장하는 것 등의 스타일이다. 그리고 성격·학식·집안 배경 등과 같은 정보가 들어오기 시작한다.

즉, 얼굴(안)에서부터 배경(바깥)으로 Zoom Out된다는 것이다.

이에 비해서 여자들은 조금 다르다. 여자들이 남자를 볼 때 중요하게 생각하는 것은 그 남자의 분위기이다. 그래서 여자들에게는 키나 스타일이 외모만큼 또는 그보다 더 중요한 것이다.

더 중요한 것은, 여자의 정보처리가 스타일·능력(바깥)에서부터 얼굴(안)으로 들어가는 Zoom In 된다는 것과, 여자들은 남자들과 다르게 얼굴이면 얼굴, 능력이면 능력 하나씩 고려하지 않고 동시에 여러 가지 조건을 분석할 수 있는 멀티태스킹이 가능하다는 것이다.

남자와 여자의 보는 눈에 차이를 가져오는 다른 이유는 바로 심리적인 이유이다. 여자들은 다른 사람으로부터 평가받거나 상처받는 것을 싫어한다. 그렇기 때문에 자신도 다른 사람들에게 상처를 주려고 하지 않는다.

그러나 남자들은 다르다. 남자들은 냉정하게 사실은 사실대로 이야기하는 것이 상처는 되더라도 정직한 것이라고 믿는다. 즉, 보는 눈의 차이가 아니고, 같은 정보라도 어떻게 해석하고 분석해서 입으로 표현하느냐의 차이라는 것이다.

PART 2
연애 중에 알아야 할
늑대들의 진실

멋진 연애를 위한
10가지 조언과 늑대 해석 방법

남자를 만났을 때 이 남자의 이런 행동을 어떻게 해석해야 할까? 그리고 어떻게 대처할까? 아마 이런 고민을 해 본 적이 있을 것이다. 남자들의 행동을 어떻게 해석해야 하는지를 일상생활에서 흔하게 경험하는 예를 들어서 살펴보자.

명품이나 비싼 것 등만 좋아하는 남자

이런 남자는 자신감이 없을 확률이 높다. 남자가 돈이 많아서 그럴 수도 있겠지만, 자신의 가치를 유명 브랜드로 표현하고 싶어하는 것이다.

새로운 것에 도전하지 못하고 남들이 인정해 준 것들만 따라가려는 남자는 브랜드나 외형만 가지고 모든 것을 판단하려는 경향이 있다.

명품이라고 모두에게 다 사치스럽지는 않겠지만, 명품 그 자체만으로 좋게 생각한다면 이런 남자는 여자를 만날 때도 외모나 집안 등만 보고 만날 수도 있다.

무조건 참기보다는 한 마디쯤 하는 남자가 좋은 남자

어떤 남자들은 여자에게 화내는 것은 '쪼잔한 남자'들이나 하는 일이기에 무조건 화내서는 안 된다고 생각하는 경향이 있다.

물론 어느 정도의 범위가 있겠지만, 연인 사이에서 또는 그냥 알고 지내는 이성 사이에서, 잘못된 것은 그게 아니라고 한 마디쯤 하는 남자는 분위기 파악을 못 하거나 쪼잔한 사람이기보다는 인생에 있어서 자기 생각을 가지고 있는 좋은 사람일 가능성이 높다.

남자의 자랑은 친구(오랜 친구가 있는 남자는 멋진 남자)

남자와 여자는 사람을 만나는 방식에서 조금 차이가 있다. 여자는 한 번 친구가 되면 시간이 오래 흘러도 어느 정도의 친분이 유지가 된다.

그러나 여자들은 서로의 것들을 공유하지 않는 선에서 친분을 유지하지만, 남자들은 조금 다르다.

한때는 최고의 우정을 자랑했을지라도 시간이 지나서 학교를 졸업하고, 군대를 다녀오고, 대학에 들어가고, 직장에 들어가고, 결혼을 하고 할 때마다 상황에 따라 만나는 사람이 계속 변한다.

그 예로 학창시절에는 평생 우정을 약속했으며, 시간이 아무리 지나도 우리는 영원한 친구라고 이야기했지만, 지금은 전화번호도 모르는 그런 친구도 많이 있다.

즉, 남자에게 친구란 자신이 조금 손해 보더라도 자신의 것을 나누어 줄 수 있는 그런 사람이다. 그래서 그만큼 오랜 친구가 있다는 사실은 그 남자가 다른 사람들이 만나고 싶은 어떤 장점이 있다는 뜻이다.

어떤 이유에서든지 오래된 친구가 있는 남자는 멋진 남자일 확률이 높다.

말을 많이 하는 남자가 성실한 남자일 수 있다

여자들 입장에서는 남자가 말이 많으면 방정맞고 신뢰도 가지 않게 보일 수 있다.

그러나 과묵한 남자보다는 오히려 스스로에 대해 말을 많이 하는 남자가 더 성실한 남자일 수 있다. 사람은 자신이 한 말을 지키려는 성향이 있다. 사람이 자신이 한 말을 지키려는 까닭은 바로 "일관성을 유지하려 하기 때문이다".

사람이 자신에 대해 이야기를 할 때 스스로를 험담하는 이야기는 잘 하지 않는다. 그렇기에 자신에 대해 많은 말을 한 남자는 그 말을 지키기 위해서 노력한다.

말을 아끼고 과묵한 남자가 여자들에게는 더 멋져 보일지 모르지만, 연애를 조금만 하다보면 과묵한 남자와 연애하는 것이 생각보다 어렵고, 낭만적이지 않다는 것을 느낄 수 있다.

특히 자신이 애교가 많은 스타일이 아니라면 이런 과묵한 남자는 결혼 상대로는 심각한 고려대상이 될 수도 있다.

오히려 오버도 조금 하고, 꾸밈없이 솔직한 남자가 더 좋은 사람이다. (물론 지나치면 안 되겠지만 말이다)

거짓말을 자주하는 남자는 만나지 말아라

지금 당신에게 거짓말을 하지는 않더라도 다른 사람들에게 거짓말을 자주하는 남자는 만나지 않는 것이 좋다.

담배 피우는 것, 바람 피우는 것, 거짓말 하는 것 등은 습관이 될 확률이 매우 높다. 선의의 거짓말이 있을 수도 있지만, 확실히 이런 남자는 연애하는 동안 당신에게 확실한 믿음을 줄 수 없다. 작은 신뢰를 얻지 못하는 남자는 큰 신뢰를 얻을 수 없다.

남자들 사회에서 신뢰가 그 무엇보다 중요하다는 점을 고려할 때 이런 남자는 삶을 제대로 살기도 힘들다.

약속 시간을 지킬 줄 모르는 남자는 나쁜 습관을 가지고 있는 사람이다

남자가 약속시간을 지킬 줄 모른다는 것은 매우 나쁜 습관이다. 어떻게 보면 여유있는 사람으로 보일 수도 있지만, 이런 남자는 확실히 책임 감이 떨어지는 사람이다.

다른 시각에서 보면 시간 약속뿐이 아니고 다른 약속도 충분히 쉽게 생각할 수 있기 때문이다. 이런 나쁜 습관은 비록 악의가 있는 행동은 아니지만 습관적이므로 쉽게 고칠 수가 없다.

헤어지라고 말할 수는 없지만, 연애기간 중 혹은 결혼 후에도 항상 예상해야 할 '나쁜 습관'인 것만은 확실하다.

여자의 친구들 · 가족들과 어울리기 힘든 남자는
한 가지 부족한 남자이다

여자는 자신의 친구들보다 남자친구의 친구들과 더 잘 어울릴 수 있다. 그러나 어떤 남자들은 여자의 가족들을 만나는 것은 물론이고 여자 친구의 친구들과도 어울리지 못한다.

연애와 결혼을 둘만의 사랑만으로 하는 것이라고 여기는 사람들은 현실적이지 못하거나 정말 여유가 있는 사람들일 것이다. 연애를 할 때 나의 의견만큼 친구들과 가족들을 포함한 여러 의견들이 중요하다는 건 모두가 다 아는 사실이다.

첫인상이 아무리 좋았어도 친한 친구들이 그 남자에 대한 험담을 한다면 어떤 여자도 쉽게 마음을 주지 못한다.

또한 집안에서 반대를 한다면 서로 아무리 사랑한다 한들 그 결혼은 축복 속에서 이루어지기 힘들다.

이런 상황에서 여자의 주변 사람들에 대한 최소한의 관리도 없는 사람은 어딘가 한 가지 부족한 사람임이 틀림없다. 연애는 둘이 하는 것이 아니다.

지금 당장 당신을 위해 죽는 시늉을 한다고 해서

영원히 당신 사람은 아니다

연애를 할 때마다 항상 느끼는 기분이 바로 '마지막 사랑' 같은 느낌이다.

이런 느낌은 헤어질 때 절정을 이룬다. 사랑하는 사람과 헤어지면서 다시는 사랑 같은 거 하지 않겠다고 마음먹지만, 새로운 사랑이 시작되면 거짓말처럼 사랑하는 감정이 살아나는 것을 우리는 짧은 삶을 살아오면서 이미 경험했다.

남자는 당장 사랑하는 사람을 위해서 모든 것을 다 바친다. 그렇다고 그 남자가 진정으로 당신을 사랑하는 것이라고 속단하지 말라. 그리고 그 남자가 당신 곁에서 영원히 그럴 것이라는 착각은 더더욱 하지 말아라.

모두에게 특별한 사람은 더 이상 특별한 사람이 아니다

언제나 좋은 것이 좋은 것! 우리는 그것을 융통성이라고 한다. 인간관계에서도 마찬가지다. 모두에게 좋은 소리만 하고 모두에게 좋은 사람으로 기억되는 사람이 바로 좋은 사람이다.

남자 중에는 모든 여자에게 특별한 사람이 있다. 여자에게는 무조건 친절하고, 여자에게는 항상 자상하고 다정한 사람, 이런 남자가 당신에게 친절하고 자상하다고 해서 특별한 사람으로 착각하지 말아라.

커플 사이에도 말을 가려서 하는 사람이 좋은 남자이다

연애를 하다보면 상대의 단점이나 서로에게 원하는 것들을 이야기할 때가 있다. 물론 사랑하는데, 더 좋은 관계를 위해서 당연히 해야 하는 말들이다.

그러나 아무리 사랑해도, 더 좋은 관계를 위한다고 해도 하지 말아야 하는, 아니 정확하게 해서는 안 되는 말들이 있다. 간단히 말하면 서로의 관계를 위해서 상대방이 고칠 수 있는 범위 내에서는 괜찮지만, 천성이나 타고난 것들은 아무리 강요해도 변하지가 않는다.

여기서 중요한 건 잘못된 것을 이야기할 때는 자신의 관점에서 보지 말고 상대의 관점에서 봐야 한다는 것이다. 상대방이 이것을 고칠 수 있는지? 없는지? 그것을 고치는 데 얼만큼의 노력이 필요할지를 미리 생각해 보고 원하는 것들을 이야기하는 것, 이것을 아는 남자는 사랑이라는 말로 상대에게 상처를 주는 사람이 아니다.

생활 속에서 발견하는
내 늑대의 진짜 모습

무엇이든지 잘 하려면 연습을 많이 해야 한다. 연애에 있어서도 예외일 수 없다. 최대한 많이 만나보고, 느껴보고, 좋아해 보면 연애도 그만큼 잘 하게 되어 있다.

그러나 연애는 다른 것들처럼 짧고, 쉽게 시작해서 끝나는 것이 아니고, 많은 시간과 노력이 들어간다. 그래서 단 한 번을 만나더라도 상대방을 잘 살펴보고, 정확히 파악해야 한다. 여자입장에서는 자기 남자가 멋진 남자이기를 바랄 것이다.

자신이 믿는 남자가 요즘처럼 험한 세상을 잘 헤져나가면서 자신을 사랑해 줄 수 있는지 없는지를 확인하는 길이 영화에서 나오는 그런 방법만 있는 것이 아니다.

이 세상에는 너무나 많은 남자가 있고, 이들을 파악할 수 있는 여러가지 기준들이 있다. 그러나 모든 기준을 다 고려할 수도 없고, 모든 남자를 다 경험할 수도 없다. 내 남자의 성격 · 비전 등을 쉽게 알 수는 없을까?

어디든지 한 장소만 가는 남자

아이스크림 하나를 먹어도 새로 나온 것은 안 먹는 남자. 자리를 앉을 때도 꼭 같은 자리에 앉아야만 하는 남자.

이런 스타일은 자신이 할 줄 아는 것에서만 안도감을 느끼는 스타일이다. 사람들은 새로운 것을 발견하고, 경험하면서 발전하고 배움을 얻게 된다. 한 가지만 추구하고 변화를 두려워한다는 것은 더 이상의 큰 발전을 이루기 어렵다는 의미가 될 수 있다. 사람들은 누구나가 변화를 두려워하며 현실에 안주한다. 이런 스스로의 두려움을 이기는 남자가 강한 남자가 될 수 있다.

DVD나 영화표 예매를 할 때 얼마나 걸리는가?

많은 커플들이 데이트할 때 가장 많이 하는 것이 영화를 보는 것이다. 만약 극장을 가지 않는다 하더라도 한 달에 한 번은 DVD 등을 통해서라도 영화를 볼 것이다.

이렇게 자주하는 결정임에도 그 실수가 두려워서 망설이는 남자는 작은 실패도 무서워하는 남자일 수 있다.

남자는 사회에서 판단력과 추진력을 요구받는다. 수없이 많은 선택의 갈림길에서 늘 고민하고 그 결과가 두려워 당당히 행동할 수 없는 남자라면 그는 앞으로의 삶에서 많은 시련을 겪게 될 것이다.

돌발 상황에서의 모습과 일반상황에서의 모습을 봐라

사람의 진짜 모습을 알려면 비상사태에서 보면 알 수 있다.

물론 연애를 하면서 비상사태를 겪는 일이 많지는 않겠지만, 운전연습을 시켜준다거나 식당에서 누군가가 음식을 옷에 쏟았다던가 하는 일 등을 통해서도 알 수가 있다.

크게 위험한 상황도 아니고, 어차피 돌이킬 수 없는 일임에도 필요 이상으로 심각해지거나, 그 때문에 그날의 데이트 분위기를 망치는 남자는 지나치게 민감한 남자이다.

자신의 잘못을 반성하고
고칠 줄 아는 남자는 괜찮은 사람이다

자신의 실수를 인정하는 것, 이것을 행동으로 옮기는 것이 말처럼 쉬운 것이 아니다. 때때로 남자는 잘못된 것을 알면서도 고집을 부리며 끝까지 하려고 한다.

남자에게 실수를 인정하는 것은 수치스럽고 창피한 일이기 때문이다. 자신의 실수를 인정하고, 그 실수를 되풀이하지 않으려 노력하는 남자는 발전 가능성이 큰 남자이다.

남의 시선을 두려워하지 않는 남자

사람들은 남에게 비난받거나 자신의 의견이 무시당하는 것은 매우 싫어한다. 그리고 잘난 척한다는 말을 들을까 봐 자신의 모든 것을 다 보여주지 못한다.

남의 시선을 두려워하지 않는 남자는 분명 남보다 세상을 살아가는 데 유리한 한 가지 조건을 더 가지고 있는 사람이다.

어디서나 남의 시선을 두려워하지 않고 즐길 수 있다는 것은 언제 어디서나 자신의 능력을 다 발휘할 수 있다는 의미이다.

실패해도 얼굴에 웃음을 잃지 않는 남자

남자는 본능적으로 승률 게임을 좋아한다. 그래서 그런지 남자의 세계에서는 경쟁이 많다.

물론 여자도 그렇겠지만 확실히 남자들의 경쟁이 여자들의 경쟁보다는 더 치열하고 빈번한 것이 사실이다. 언제나 승리만 할 수는 없는 현실에서 한 번의 실패로 인해서 얼굴에 '나 실패했음'이라고 써붙이고 다니는 남자는 확실히 이 험한 세상을 유연하게 살 수 있는 남자는 되기 힘들다.

이런저런 남자들의 모습을 이야기해 봤지만 나도 알고 있다. 당장 눈에 무언가가 씌워지면 그 어떤 말도 기준도 아무 소용이 없다는 것을 말이다.

그렇지만 만약 남자를 볼 때 자신만의 기준이 없다면 어떻게 될까? 남자가 제시하는 남자를 바라보는 기준으로 한번 자신의 남자를 비추어 보면 연애에 커다란 도움이 될 것이라고 생각해서이다.

화난 늑대 달래는 방법

세상을 살아가면서 겪는 가장 큰 문제는 무엇일까? 아마도 인간관계가 그 중 하나이지 않을까 싶다.

우리는 "나는 옳고 너는 그르다"라는 사고방식으로는 세상을 살기가 어렵다는 것을 이미 알고 있다. 사실 연애도 하나의 인간관계로 생각해 보면 어떤 이유에서든지 싸움의 책임이 서로에게 있는 것이 사실이다.

연애에서 싸움은 교통사고와 같다. 중앙선 침범 · 음주 운전 등(연애로 치면 바람 피우기 · 폭력)과 같은 것을 제외하고는 일반적인 접촉사고(일반 다툼)는 항상 그 책임이 남녀 각각에게 있다.

자신이 냉정하게 생각했을 때 그 책임이 늑대에게 더 많이 있다고 생각될 때는 그만한 사과를 받아야 하겠지만, 자신의 책임이 조금이라도 더 크다면 어떻게 해야 다시 좋은 관계를 유지할 수 있을까? 화난 늑대를 달래기 위해 알아야 할 것들은 무엇인가?

남자는 여자에게 능력으로 인정받기를 원한다

여자는 남자에게 예쁜 여자로 보이기를 원한다. 그럼 남자는 여자에게 잘생긴 남자로 보이기를 원할까? 물론 그도 그렇겠지만 그보다도 남자는 여자에게 사회적으로 인정받고, 능력 있는 사람으로 보이기를 더욱더 선호한다.

이것이 남자를 달래기 위해서 알아야 하는 기본 중의 기본이다. 왜 남자는 외모보다 능력 있는 사람으로 인정받고 싶어할까?

얼마 전 방송을 보다가 박경림 씨가 나와서 하는 말을 들었다. 자신의 학창시절을 묻는 질문에, 자신은 자신이 이쁘다는 생각도 안 해 봤지만, 자신의 외모가 별로라는 생각도 한 번 안 해봤다는 이야기였다.

나도 개인적으로 박경림 씨를 좋아하지만 그 이유가 외모 때문은 아닌 것 같다.

아무튼 여자들은 이렇다. 자신의 외모가 꽤 괜찮은 편이라고 생각을 한다는 것이다. 그러나 많은 남자들은 자신이 꽤 괜찮다고 생각하기보다는 '자신이 남들보다 모자라지는 않겠지'라는 생각을 한다.

자신이 꽤 괜찮은 사람이라고 생각하는 것과 모자라지는 않겠지 라고 생각하는 것은 큰 차이가 있다. 그래서 여자는 자신이 자신 있는 분야인 미모에서 인정받기를 원하고, 상대적으로 외모에 자신감이 없는 남자들은 그것을 능력으로 인정받고 싶어하는 것이다. 또한 남자들이 서로가 서로를 평가할 때 가장 고려하는 요소가 능력이기에 여자에게도 이것을 인정받고 싶은 것이기도 하다.

남자는 여자에게 도움이 되고 싶어한다

남자는 자기 여자에게 도움이 되기를 원한다. 그래서 여자친구가 걱정이 있거나 힘든 일이 생기면 남자는 그것이 자기 책임인 것처럼 느끼고 도와주고 싶어하는 것이다.

여기서 더 중요한 것은 남자의 페어플레이 정신이다. 어릴 적부터 그렇게 교육받은 탓이랄까? 남자들은 공(公)은 공이고 사(私)는 사라는 말을 무척이나 좋아한다.

그러니까 아무리 냉전 중이라도 얼굴조차 못 볼 정도로 헤어진 사이가 아니라면 비록 기분이 덜 풀린 상황이지만 여자친구의 애교어린 부탁을 거절하기 힘들다. 남자는 여자친구가 부탁을 하면 다툼은 다툼이고, 자기가 해야 할 일은 해야 한다고 생각을 하기 때문이다.

만약 늑대와 다툼을 벌여서 그냥 만나기가 어색하다면 남자친구가 쉽게 할 수 있는 범위 내에서 부탁을 해라. 일반적으로 다투고 난 후 이별까지 가는 이유가 만나지 않고 전화 등으로만 감정표현을 하기 때문임을 감안할 때 이런 식으로라도 서로가 만나서 문제를 해결하는 것이 관계에 더 좋은 효과를 가져올 것이다.

시대가 변해도 남자는 여자의 눈물에 약하다

남자는 여자가 힘든 것이 자기 때문이라고 생각해서 미안함을 느낀다. 정상적인 사랑을 하는 남자라면 여자친구가 눈물을 흘릴 때 죄책감과 미안함을 가지게 된다.

무조건 울어라. 대신 그냥 말없이 울어라. 남자친구는 왜 우는지를 계속 물어볼 것이다. 이때 이유를 군이 말하지 말고 울어라. 어떤 상황에서도 여자의 눈물은 남자에게 강력한 무기 중 하나이다.

무관심도 방법이다

단, 이 방법은 남자친구가 자신을 너무나도 사랑한다는 확신이 있을 때만 사용하는 것이 좋다. 남자친구가 죽도록 따라다녀서 만나고 있다거나 아직 넘어야 할 선(?)을 넘지 않았을 경우 등이 그때이다. 이처럼 사용 시기가 정해져 있는만큼 그 효과는 더욱더 뛰어나다.

단 3번 정도가 그 효과의 한계이고, 그 이후부터는 남자도 면역력이 생겨서 효과가 반감되기 시작한다.

늑대의 가족들을 이용해라

늑대와 직접 대화하기가 어렵다면 누군가를 통해서 전달을 하면 된다. 그 전달자로 늑대의 가족들을 이용해라.

남자의 친구들도 좋겠지만 남자의 친구들이란 사람들이 여자들이 상상할 수 없을 만큼 짓궂은 장난을 칠 때도 있고, 만약 평소 사이가 좋지 않았다면 우정이라는 말로 방해(?)를 할 수도 있다.

남자의 부모님께 선물을 하거나 누나나 형에게 식사를 대접해도 좋다. 남자는 말은 하지 못하지만, 여자친구가 자신의 가족들에게 싹싹하게 대하거나 잘 해주기를 항상 바라고 있다. 물론 아직 여자친구일 때뿐이다. 헤어진 다음에는 아무런 효과가 없다.

이런 모든 방법들은 아직 사랑이 식지 않은 늑대를 달래는 방법이다.

사랑이 식어버린 늑대는 달랠 방법이 없다.

그리고 정말 중요한 것은, 늑대도 동물이기에 한두 번이 아니고 계속 달래기만 하면 반드시 기어오르기 시작한다.

어렵겠지만 연애에도 당근과 채찍은 반드시 필요함을 잊지 말아라.

늑대와 잘 지내기 위한 2가지 방법

남자가 이야기할 때는 무조건 잘 들어주어야 한다. 이것은 굳이 책에서 뿐이 아니라 주변 친구나 언니 등에게 한두 번쯤은 들어본 이야기일 것이다. 사실 서로의 말을 경청해 주는 것은 남녀간의 이야기뿐이 아니고 우리의 일상생활에서 모두 적용되는 말이다.

그러나 이처럼 들어주는 것만이 서로의 좋은 관계를 만드는 데 최선의 방법일까? 나는 들어주는 것만큼이나 더 중요한 것이 '통하는 것'이라고 생각한다.

물론 남자의 말을 잘 들어주는 것만으로도 충분히 좋은 관계를 만들수 있겠으나, 대화를 할 때 조금만 남자를 이해해 주는 말을 할 수 있다면, 그 정도의 센스를 보여줄 수 있다면 단순히 좋은 관계를 넘어 그 남자와의 관계에서 우위를 점할 수 있다.

첫 번째 - 만나는 늑대의 수준에 맞추는 것이 중요하다

좋은 관계란 무엇일까? 여기서의 좋은 관계란 사귀는 것 or 연애하는 것과 같은 그런 좁은 의미의 좋은 관계가 아니다.

일상생활에서 여자가 남자를 만났을 때 좋은 느낌, 편한 느낌을 주어서 그 남자가 다시 만나고 싶은 여자가 되는, 아직 연애 전의 관계를 말하는 것이다.

여자라고 모두가 비슷한 수준이 아니듯, 남자들도 개개인이 다른 수준을 가지고 있다. 간단히 이야기하면 남자들 나름대로가 가지고 있는 사고방식과 넓은 의미에서의 수준을 적당히 파악해서 맞추어 주라는 것이다.

만약 수준이 초등학생 같은 사람과 만나면 초등학생 짝이 되어주면 되고, 할아버지 같은 사람을 만나면 할머니가 되어주면 되는 것이다. 단, 왕자님을 만난다고 해서 공주님이 되어서는 안 된다. 그리고 상대가 거지인데, 숙녀인 척하는 것은 초등학생과 철학을 논하는 것과 다름이 없다.

아직 걷지도 못하는 아이를 상대로 자신을 자랑하는 것은 만남에 아무런 득이 되지 않는다. 남자를 만날 때는 그 상대가 누구든지 남자의 수준에 맞추어서 행동을 해라.

단 한 번의 만남으로 만날 사람, 안 만날 사람을 구분하지도 말고, 그렇다고 단 몇 번의 만남으로 그 사람이 내가 만날 사람인지 아닌 사람인지를 판단하지도 말아라.

여자 입장에서는 최대한 좋은 감정으로 많은 남자들을 알고 있는 것이 스스로에게도 손해 볼 것이 없다.

두 번째 – 해서 손해 보는 말은 절대로 하지 말아라

남자를 만날 때에는 어떻게 행동을 해야 하는가도 중요하지만, 그만 큼 중요한 것이 어떻게 말을 하는가이다. 사람은 만나는 시간이 짧으면 짧을수록 더욱더 말을 조심해야 한다.

내 친구 중 한 명은 소개팅 자리에서 웃기려고 "제가 머리가 조금 크죠?"라는 개그를 했다가 그날 하루 종일 머리 큰 사람이 되었다고 한다.

본래의 의도는 한번 웃기고 말 이야기였지만, 자신이 그 이야기를 하는 바람에 그 친구는 졸지에 머리가 큰 사람이 되고 말았다. 더 문제는 만약 앞으로 계속 만나게 된다면 만나는 동안에는 자신이 한 말로 인해서 늘 머리가 큰 사람이 된다는 것이다.

이렇듯 사람과의 만남에서 굳이 할 필요가 없는 말들, 나에게 이롭지 못한 말들은 굳이 할 필요가 없다. 남자는 날 무조건 좋게만 바라봐 주는 가족들이 아니다.

내가 한 나쁜 말들이 모두 상대방의 데이터에 저장되고 있다는 것을 생각하고, 특히 자신에 대한 비방은 물론이고, 정직·솔직히라는 명목 아래 허물을 들춰내지는 않는 것이 늑대와 잘 지내는 방법이다.

늑대들과 싸울 때 알아야 할 10가지

수천 건의 상담을 하면서 나름대로의 모범 답안을 가지게 되었다. 될 수 있다면 헤어지지 말고 잘 해보라고 하는 것이 내 상담의 기본이지만, 바람·폭력·중독(알코올·약물)·도박 등의 4대 특별 연인 범죄에 대해서는 냉정하게 헤어질 것을 권고한다.

상대가 정말 아니라면 미련조차 가지지 말고 다른 사람을 만나야 하겠지만, 될 수 있다면 역시 헤어지지 않고 좋게 문제를 푸는 것이 가장 최선의 방법이라고 생각한다.

그러나 대화가 오고가면 무조건 좋게 해결할 수 없는 상황이 되고는 한다.

이런 상황에서도 늑대들과 효과적으로 싸울 수 있는 방법은 없을까?

'I' Message 전략

이 전략은 말을 할 때 '네가 나쁘다'가 아니라 '내 생각에는 이렇다'

라는 말을 하는, 아주 간단하지만 효과가 좋은 전략이다.

늑대는 자존심이 강한 전략이다. 그렇기에 여우들이 직접적으로 무언가를 하지 말라고 하거나, 자신의 영역에 들어오려고 할 때 늑대는 반감을 느끼게 된다.

이런 늑대들의 반감을 줄이는 것이 바로 'I' Message 전략이다. 예를 들어서 남자친구가 친구들과 술을 많이 마시고 집에 늦게 들어갔을 때, 여자친구 입장에서는 충분히 화가 날 수 있다.

이때 여자친구가 이것을 가지고 화를 낸다면 남자친구 입장에서도 미안한 마음은 들면서도 자신도 모르게 화를 내게 된다.

그렇기 때문에 이런 경우에는 "너 자꾸 왜 이러냐?"는 식의 책임을 묻는 말보다는 "나 너무 속상하다"라는 식의 말을 해서 남자의 미안한 마음을 겉으로 끌어낼 수 있는 표현이 더 효과적이다.

명확한 증거가 없다면 일단 참는 것도 전략이다

내가 상담을 하면서 느끼는 것 중 하나가 바로 "싸이 효과"이다. 개인적으로 이 싸이가 얼마나 많은 커플들을 다투게 했는지 논문으로 써보고 싶기도 하다.

남자친구가 다른 여자를 만나고 있을 것이라는 추측이나, 문자 하나, 특히 싸이 방명록에 어떤 여자가 친하게 글 몇 번 남긴 것을 가지고 너무 민감하게 그리고 즉각적으로 반응하지 말아라.

여우들은 그것이 결정적 증거처럼 느껴질지 몰라도, 늑대들은 이런 방면으로는 여우들의 생각보다 똑똑하고 영리하다. 또한 뛰어난 상황

대처능력을 가지고 있기도 하다.

명확한 증거가 없다면 일단은 참고 결정적인 순간이 올 때까지 기다리는 것이 좋다. 어설프게 궁지에 몰면 늑대는 반드시 달려든다.

여기서 가장 중요한 것은 이미 늑대 스스로가 바람을 피우기로 마음을 먹었다면, 그때는 여우가 화를 낸다고 해서 그 상황을 막을 수 없다는 것이다.

반대로 만약 여우가 바람을 피우기로 마음을 먹었다면 늑대가 막을 수 있을지 없을지를 생각해 봐라.

남자의 심리를 이용해라

남자는 이기고 싶어한다. 인간관계에서는 물론이고 하다못해 게임을 해도 이기려고 발버둥을 친다. 이런 남자의 심리를 이용해서 남자의 분노를 질투로 바꾸어라.

다른 이성친구를 이용하는 방법으로 바람을 피우거나 싸움을 더 크게 만드는 것이 아니라 남자의 질투심을 유발시키라는 것이다. 굳이 다른 남자와 만남을 가지기도 싫고, 주위에 그럴 사람도 없다면 이야기만으로도 충분히 할 수 있다.

남자와 여자의 차이를 이해하고 싸워라

여자친구가 생기면 한 번쯤은 쇼핑을 가는 경우가 생긴다. 옷 한 벌을 산다고 할 때 남자는 5곳 이상을 돌지 않는다. 특히 직접 옷을 입어

보는 것을 좋아하지 않고, 입어봤다면 그 옷은 구매될 확률이 높다.

그러나 여자는 그렇지가 않다. 여자들은 남자친구에게 이것저것을 물어보고 신중에 신중을 기해 옷을 구매한다. 이것들을 알아야 한다.

남자는 여자친구가 "나 파마하려고 하는데 어떻게 생각해?"라는 질문을 들으면 두 가지 반응을 보인다. 여자친구를 존중하기에 "너 마음대로 해"라는 반응을 보이거나 파마는 왠지 아줌마 같다고 생각해서 "하지 마"라고 반응한다.

이럴 때 여자는 서운함 등을 느낄 수 있으나 그럴 필요는 없다. 남자가 옷 등을 구매하거나 머리를 하는 것에 그런 담담한 표현을 하는 것은 여자친구가 싫증나서가 아니고, 그런 것들이 자신들에게 크게 중요한 것이 아니라고 생각하기 때문이다.

때로는 남자 입장에서 남자의 기준으로 사건이나 사물을 보면 늑대와의 다툼을 줄일 수 있다.

싸움이 커지더라도 절대로 헤어지자는 말은 하지 않는다

많은 연인들이 감정적인 이별들을 한다. 그냥 싸우다 보니까 기분이 나빠져서 순간적으로 나온 말 때문에 이별을 하게 되는 것이다.

대부분의 커플들이 자연스럽게 다시 만나게 되지만, 이렇게 다시 만나는 순간이 더 중요하다. 만나고 헤어지는 건 처음에는 슬프고 떨리지만, 한 번 두 번 세 번 반복되다 보면 이별을 하는 것에도 면역력이 생기게 된다.

그래서 나중에는 조그만 일 하나에도 일단 헤어질 생각부터 하게 되는 것이다. 무엇이든지 처음이 어렵지 몇 번 하다 보면 쉽게 되기 마련이다. 이별도 마찬가지이다.

평소에 약속을 해두면 도움이 된다

연애를 시작할 때 이런 약속을 하면 어떨까?

앞으로 싸움을 한 기간에는 무조건 서로 존칭을 사용하기, 또는 싸운 지 3일째 되는 날에는 여자친구 집 앞에서 여자친구가 좋아하는 음식 사가지고 기다리기…… 이런 약속.

싸움은 쉽지만 화해는 쉽지가 않다. 많은 커플들이 싸움을 하고 후회하면서도 어떻게 풀어야 할지를 몰라서 답답해 하고는 한다. 싸우고 존댓말을 쓰면 아무리 거친 말이라도 부드럽게 들리기 때문에 싸움이 더 커지지 않고, 3일 뒤 남자친구가 집 앞에서 아이스크림을 사가지고 기다리면 그 관계도 그 아이스크림처럼 시원해지지 않을까?

단, 정기적금 등을 서로의 명의로 부어놓고 먼저 이별하자고 한 사람이 포기하기 식의 돈 들어가는 방법은 좋은 방법이 아니다.

만약 남자친구가 흥분해 있다면
하루 정도 진정할 시간을 주어라

여자친구에게 화를 내면 남자는 나중에 후회한다. 그러나 그 당시에는 그 화를 참지를 못한다.

만약 남자친구가 화가 많이 났다면 그 자리에서 잘잘못을 따지지 말고 하루 정도 생각할 시간을 주어라.

화가 난 남자친구에게 필요한 것은 여자친구의 이성적이고 합리적인 문제해결 방법이 아니고, 자신이 왜 화를 내었는지 생각할 하루의 시간이다.

문자나 전화로 끝장을 보려고 하지 말아라

여자들이 가지고 있는 문제 중 하나가 바로 전화로 문제를 해결하려고 하는 것이다.

그러나 남자들은, 중요한 문제는 만나서 해결해야 한다고 생각을 한다. 전화로도 의사전달은 가능하지만 감정까지 전달할 수는 없기에 연인 간의 싸움을 전화나 문자로 해결하려고 하는 것은 좋은 방법이 아니다.

만약 그것이 자신이 미안하다고 하는 것이면 모르겠지만, 남자친구에게 따지려고 하는 것이라면 전화나 문자로는 절대 하지 말아라.

때로는 한 번 져주는 것이 이기는 것이다

게임에서 늘 이길 수는 없다. 그렇기에 적당한 때에 한 번씩 져주는 것은 다음번에 승리하기 위한 중요한 기술이다.

강도에 따라 다르겠지만 큰 싸움이 아니었다면 작은 이유를 만들어 예를 들면, "우리 만난 지 135일 째니까!" 식의 날을 만들어서 작은 선물 해 주기, 미안하다고 애교부리며 영화나 맛있는 거 사주기 등이라면 충분히 남자를 다시 잡을 수 있다.

싸움을 너무 크게 생각하지 말아라

남녀가 만나면서 싸우고 화해하는 것은 어쩜 당연한 일이고 큰일이 아니다. 영원히 사랑만 하면 좋겠지만 그런 커플은 지구상 어디에도 없다.

남자친구와 한번 싸웠다고 괜히 친구들 불러내서 술마시고, 이별 노래만 부르고 이런 행동을 하지 말아라. 그런 행동은 스스로에게도 도움이 되지 않는다.

남자도 무조건 착하고 순종하는 여자보다는 자기 없어도 혼자 얼마든지 살 수 있어 보이는 야무진 여자들을 좋아한다. 그리고 남자친구가 할 수 없는 일을 가지고 싸움을 걸지 말아라.

또한 남자친구에게 자신의 생각을 강요하게 위해 싸움을 걸지 말아라. 성공하는 커플들의 특징은 서로가 서로를 그대로 인정해 주는 것이다.

"남자는 여자하기 나름"이라는 말은 10년이 지나도 여전히 변하지 않는 진리의 말이라는 것을 기억하자.

남자가 섹스를 느낄 때

남자와 여자의 섹스에 대한 생각은 종종 다르게 나타난다. 여자들에게 성이라는 것은 가벼운 스킨십을 포함한 키스·포옹 등 이성과 하는 신체접촉을 의미한다.

그러나 남자들은 성이라는 말을 들으면 일단 '섹스' 그 자체만을 떠올리게 된다. 이것은 어떤 식으로 미화해도 남자들이 여자와의 만남에서 목적으로 삼고 있는 것이 섹스인 경우가 많기 때문이다.

그러나 여자는 사랑한다고 해서 남자처럼 무조건 섹스를 원하지는 않는다. 그렇기 때문에 여자들은 어느 정도의 스킨십이 진전된 상황에서도 스스로를 통제할 수 있으나, 남자들에는 이미 어느 정도 진전이 있었다면 그 순간 자신을 통제하는 것이 그리 쉬운 일이 아니다.

시대가 많이 변하기는 했지만, 아직도 우리 사회에서는 성에 대해서 공공장소에서 이야기하는 것은 천박한 것이고, 섹스는 무조건 여자가 손해 보는 것이라는 인식이 자리잡고 있다.

이제부터 내가 이야기하려고 하는 것들은 시대를 못 따라가는 우리 사회에서 여자들 스스로가 손해 보지 않을 분위기를 만들기 위해 참고해야 하는 기본적인 사항들이다.

적당히 술에 취했을 때

남자가 여자에게 술을 권할 때, 그 이유는 여러 가지가 있을 수 있다. 그러나 둘이 있는 자리에서 필요 이상의 술을 권한다면 거기에는 분명 어떤 목적(?)이 있을 확률이 높다.

남자는 나름대로 스스로를 영리하다고 생각한다. 그렇기 때문에 자신의 그런 의도를 여자들이 모를 것이라고 판단한다는 것이다.

또한 남자들은 자신이 주는 술을 여자가 거절하지 않고 다 마시면, 여자도 자기에게 어느 정도 마음이 있다고 혼자서 단정지어 버린다. 또한 자신이 권해서 여자가 마신 것임에도 불구하고 여자의 행동에 문제가 있다는 생각도 하게 된다. 이것이 남자의 이중성이다.

남자는 술에 취하면 거의 모든 여자가 다 예뻐 보인다고 해도 과언이 아니다. 여자는 술에 취해도 어느 정도는 판단을 하고 분위기를 찾지만, 남자는 술에 취하면 분위기보다는 그냥 여자를 찾는다.

야한 영화 · 잡지 · 인터넷 등을 볼 때

얼마 전에 야한 동영상을 보다가 재미있는 광고를 봤다.

동영상 아래쪽에 큰 글씨로 080으로 시작하는 성인 전화 광고가 나와 있는 것이었다. 이른바 야동으로 불리는 것들을 보는 남자들의 심리, 또 그것을 볼 때 남자들이 단순히 보는 것 이상의 것을 원한다는 것을 완벽하게 파악한 정확한 타깃 마케팅이었다.

솔직히 조금만 확대 해석하면 보통의 남자들도 어느 정도는 성적인 집착 증상을 가지고 있다고 해도 과언은 아니다.

아무리 자기는 포르노 같은 것을 싫어한다고 하는 남자도 아예 그런 것을 접할 수 없는 환경이라면 모를까? 완전히 외면하는 경우는 없다.

남자와 야한 영화 등을 보면서 안전하기를 바라는 것은 그리 좋은 생각은 아니다.

사랑하는 여자친구와 단둘이 있을 때(함께 여행 등을 갔을 때)

"너 오빠 못 믿니?"로 대표되는 이 상황! 그러나 여자는 남자친구와 손만 잡고 잘 수 있을지도 모르지만, 남자는 손만 잡고는 못 잔다.

중요한 것은, 남자는 그와 비슷한 상황이 되면 자신이 원하는 것을 얻기 위해서 그 어떤 말도, 행동도 해 버린다. (순간적으로 스스로를 매너 모드로 바꾼다.)

더 중요한 것은, 남자도 그 순간만큼은 자신이 진실하다고 믿는다는 것이다. 자신이 그러는 것은 단지 섹스 때문이 아니고 여자를 사랑해서 이기 때문에 여자의 거절은 자신의 사랑에 대한 거절로 생각하는 것에 문제가 있다.

단둘이 있을 때를 조심해라. 꼭 여행만이 아니고 부모님이 여행이라도 가셨다고 해서 집으로 초대해서 밥 먹고 영화 보고 할 때를 조심해

라. 여행을 조심해야 하는 건 기본 중의 기본이다.

　남자는 여자가 여행에 동의하는 순간 이미 50%의 허락을 받았다고 생각하고 흡족해 하기 때문이다.

　여자의 샴푸 향기나 가벼운 화장품 향기를 느낄 때

　이제 컬러로션이나 스킨 등을 남자들도 많이 사용하지만, 아직 내 주위에는 나를 제외하고는 화장 등을 하는 남자가 거의 없다. 평소 그런 향기를 잘 모르는 남자들은 여자들의 화장품 향기에 때로는 민감하게 반응하기도 한다.

여자친구가 먼저 스킨십을 시도할 때

남자들이 자주 하는 실수가 바로 확대해석이다.

남자는 여자의 행동을 나름대로 생각해서 판단해 버린다. 여자가 그냥 바다나 보러 가자고 하면 남자는 벌써 어디다가 방을 잡을지를 고민하고, 여자가 한번 안아달라고 하면, '오늘은 허락하겠구나!' 하고 생각을 해 버린다.

만약 당신이 섹스가 아닌 키스나 포옹 정도가 하고 싶다면 굳이 먼저 하거나, 하고 싶다는 표현을 할 필요가 없다. 그저 약간의 의도만 보여주기만 하면 남자는 반드시 그 스킨십이라는 미끼를 문다.

남자가 먼저 달려들었을 때 허락하지 않아야 자신의 가치가 더 올라가는 것은 기본!

짧은 치마, 야한 옷 등
시각적으로 흥분을 유발시키는 것들을 봤을 때

실제로 유흥가에 가면 여자들이 세일러문이나 일본 스타일의 야한 교복 등을 입고 남자들 유혹하기도 한다.

확실히 시각에 민감한 남자들은 그런 시각적 자극에 민감하게 반응한다. 여자들이 남자에게서 섹스를 느끼는 요소로는 탄탄해 보이는 어깨나 팔의 힘줄, 열심히 일하거나 운동하는 남자의 땀 흘리는 모습, 키가 훤칠하고 잘생긴 외모 등을 말한다.

반면에 남자들은 쭉 뻗은 다리, 날씬한 허리, 예쁜(?) 가슴, 외모 등 거의 모든 것들이 신체와 연관되어 있다.

사실 남자들은 여자와 함께 있으면 늘 섹스를 상상한다. 시대가 아무리 변했어도 성이라는 것이 아직은 여자에게 불합리한 것이 사실이다.

그것이 옳고 그른지에 관해서는 여기서 논쟁하고 싶지 않다. 다만 남자들에게 이러한 특징들이 있으니 아직 마음에 준비가 되지 않았다면 참고해서 준비할 시간을 가지는 데 도움이 되었으면 좋겠다.

늑대들이 좋아하는 것들

늑대들은 참 단순한 동물이다. 자기들끼리 이야기를 할 때면 늑대들은 꼭 여자들이 단순하다고 하지만, 남자들 스스로가 믿는 만큼 그들이 합리적이거나 분석적이라고는 생각하지 않는다.

남자는 하나를 보면 하나만 볼 수 있지만, 여자는 동시에 여러 가지를 보면서 생각까지 할 수 있다. 예를 들어서 남자에게는 여자의 외모가 너무 괜찮으면 그 외모만가 고려 대상의 전부이다.

그러나 여자는 남자를 볼 때 외모를 보면서 동시에 경제력과 능력 등도 생각을 한다.

이렇게 한 가지에 뛰어난 집중력을 보여주는 늑대들이 좋아하는 것은 어떤 것들이 있을까?

일단 무조건 칭찬해 주면 좋아한다

개그 프로그램을 보다가 한 개그우먼이 했던 말이 있다.

"남자들은 어쩌다가 한번 불쌍해서 웃어주면 자기들이 정말 재미있어서 웃는 줄 알아요."

참 옳은 말이다. 남자는 일단 칭찬해 주면 좋아한다. 재미있다고 자꾸 해 주면 말이 늘어나고, 옷 스타일이나 헤어 스타일을 한번 칭찬해 주면 그 미장원을 단골로 삼고 스타일에 신경을 쓴다.

특히 성적인 면에서는 그 효과가 몇 배 더 커지기도 한다. 남자들은 여자들이 하는 다른 말은 반신반의해도 자신을 칭찬하는 말을 할 때는 그 여자가 진실하다고 믿고 싶어하는 것이 남자들의 본성이다.

여자가 자기 행동에 감동하거나
좋아하는 척해 주면 자기가 정말 잘해서 그러는 줄 안다

남자는 자신이 어떤 행동을 한 뒤에는 항상 상대의 반응을 살핀다.

그러면서 상대가 만족하는 것을 보면서 자신도 행복감을 느끼게 된다. 이래서 남자들이 스킨십을 할 때도 여자를 보면서 하고 싶어하는 것이다.

여자가 자신을 챙겨주면 좋아한다

먼저 팔짱 끼며 안기기, 도시락 싸주기, 갑자기 안마해 주기 등등 여러 가지 방법이 있다.

가끔씩 자기는 여자가 너무 챙겨 주는 거 싫다는 배부른 남자들이 있는데, 그건 절대 아니다. 속으로는 은근히 다 좋아한다.

단, 이 방법에는 도가 지나치면 남자를 자만에 빠뜨려서 나중에 피곤해지지 않도록 적당히 해 주는 것이 중요하다.

여자가 먼저 계산해 주면 좋아한다

남자는 여자들의 그런 행동에다 어떤 의미를 부여하기도 한다. 돈도 돈이지만, 여자의 그런 행동에 센스가 있다, 남자를 이해할 줄 안다 등의 자기만의 해석을 해 버린다는 것이다.

한 번 더 강조!
남자가 말을 하면 끝까지 들으면서 계속 재밌다고 해 줘라

남자는 자기가 이야기를 할 때 웃어주는 여자를 좋아하고, 그런 여자에게 정이 드는 경향이 있다.

남자는 자신이 이야기할 때 여자의 반응이 좋으면 점점 자신감이 강해진다. 그러면서 자신에게 좋은 반응을 주는 그 여자에게 좋은 감정을 가지게 된다.

이때부터가 서서히 마음의 빗장이 풀리는 시기이다. 단, 너무 오버하면 안 된다. 약간의 눈웃음·미소가 좋지, 특별히 재미도 없는데 자꾸 웃어주면 실없는 여자로 보일 수도 있다.

이외에도 직접 만든 선물을 주거나, 스킨십할 때 허락해 주기, 남자 가족을 자기 가족처럼 챙겨줄 때 등도 남자들이 좋아하는 것들이다.

사랑은 줄 없는 줄다리기다.

무엇을 당겨야 하는지도, 어떻게 당겨야 하는
지도 볼 수가 없다.

그러나 줄이 없어도 끌려갈 수 있고, 줄이 없
어도 당길 수도 있다.

사랑의 줄다리기에서 필요한 것은 돈도, 외모
도, 힘도 아니다.

이 게임에서 이기기 위해 필요한 것은 상대를
끌어당기는 매력이다.

- 연애 컨설턴트 이명길-

늑대가 두려워하는 것

늑대는 강해 보이고 싶어하는 동물이다. 그러나 아무리 강한 남자라도 피하고 싶은 것이 있다. 바로 자신의 실수를 인정하는 것이다.

많은 남자들이 자신은 인정할 것은 인정하는 사람이라고 스스로 자부한다. 그러나 인정한다는 것이 그것을 좋아한다는 뜻은 아니다. 남자와 여자는 자기 생각이 틀렸다는 것을 알았을 때, 그 반응이 각각 다르다.

남자는 자신의 주장을 반박하는 그 주장을 쉽게 인정하지 못한다.

친구들과의 논쟁은 결국 '사람은 모두 다르다'라는 결론으로 끝나기 일쑤이고, 설사 그 반론이 신문에서 나왔다고 하더라도 그 신문이 특정 신문이라서 그랬다고 생각하고, TV 뉴스에서 나온 거라면 자신이 직접 봐야 믿겠다고 버틴다.

여자도 주장을 하기는 하지만, 다수가 그렇다고 이야기를 하면 남자보다는 쉽게 자신의 주장을 접는다.

이렇게 남자들이 자신의 실수를 쉽게 인정하지 못하는 이유는, 실수를 인정하는 것이 바로 무능력을 나타내는 것이라고 생각하기 때문이다. 또한 자신이 무능력하면 남들에게 무시를 당할 것이라고 믿기 때문이다.

그래서 남자들과 싸울 때 당장 그 싸움에서 승리를 하고 싶다면 함께 싸우기보다는 '무시' 하는 것이 더 효과적인 방법이다.

그럼 20대 늑대들에게 가장 두려운 것은 무엇인가?

질문이 너무 추상적이라고 생각되어서 다시 질문한다.

20대 남자가 사랑하는 여자친구와의 관계조차도 다시 생각할 정도로 두려워하는 것은 무엇일까?

남자들에게는 늘 걱정해야 하는 것들이 있다. 가족·여자친구, 그리고 자신의 미래이다. 이 중에서 남자들이 가장 두려워하는 것은 자신의 불확실한 미래이다.

10대 때나 20대 초반까지만 해도 사랑하는 여자가 생기면 남자들은 일용직을 해서라도 서로 행복하게 살 수 있다고 믿는다. 그러나 군대를 다녀오고 현실의 눈을 서서히 뜨면서 시간의 소중함을 절실히 깨닫게 된다. 그래서 제대 후에 많은 남자들이 앞으로 절대 한눈 팔지 않고 인생을 열심히 살겠다고 다짐을 하고 사회에 나오는 것이다.

20대 남자들은 인생 준비에 대한 굳은 결심을 가지고 무엇인가를 새로 시작하려 할 때 가장 먼저 연애를 포기하려고 한다. 남자들이 연애를 하는 것이 시간적으로, 금전적으로, 그리고 정신적으로 그만큼 노력이 필요하다고 생각하기 때문이다.

아무리 강한 척을 해도 늑대들은 사실 너무나도 나약하다. 남자친구가 이런 일로 힘들어 할 때 여우의 격려와 응원은 그 어느 때보다 더 큰 힘을 발휘한다.

PART 3
이별할 때 여우들이
알아야 할 것들

과감히 버려야 할 늑대들의 유형

시간에는 기회비용이라는 것이 적용된다. 내가 지금 한 사람을 만나고 있는 이 시간은 다시 생각하면 더 좋은 사람을 만날 '기회'를 담보로 쓰고 있는 것이기 때문이다.

지금 만나고 있는 남자를 계속 만나야 하는가? 아닌가? 를 결정하는 것에는 생각보다 많은 생각이 필요하다.

여기 이런 고민에 도움이 될 만한 실제 상담사례 3가지를 요약해서 소개한다.

Question 1)

요즘 만나는 사람이 생겼어요.

이 사람은 일단 만나면 마치 애인이라도 된 것처럼 자상하게 챙겨준답니다.

그런데 헤어질 때는 주말에 어디 가자? 영화 보자? 하고 막 이야기하면서 그 다음에는 연락이 없어요.

일단 제가 연락을 하면 만나서 영화도 보고 분위기도 좋은데……

제가 매번 연락을 할 수도 없고 답답하네요.

이 남자 어떡해야 하나요?

Answer 1)

만날 때 애인처럼 잘 해주고, 매너도 좋은 건 그 남자뿐이 아니고 모든 남자의 공통점입니다.

남자들은 언제 소주 한잔 해야지? 식의 약속을 합니다. 예를 들어서 다음에 전화할게! 주말에 한번 보자! 언제 술이나 한잔 하자! 등의 멘트, 즉 뻐꾸기들입니다.

만약 이런 뻐꾸기들 속에 정확한 시간·약속 등이 구체적으로 들어 있다면 그 말들은 진짜일 가능성이 높지만, 다음에, 나중에 등의 말이라면 그 말은 그냥 매너상 날리는 뻐꾸기일 가능성이 높습니다.

그리고 남자의 멘트가 진심인지 아닌지를 결정하는 100% 확실한 기준이 있습니다. 만약에 그 남자가 다음에 영화를 보러 가자고 해놓고 약속을 지키면 그건 관심이 있다는 뜻이고, 약속을 해놓고 잊어버린다면 그건 그냥 인사성 멘트를 날린 것에 불과한 것입니다.

이럴 때 어떤 여자들은 남자가 정말 바빠서 그럴 수도 있는 거 아니냐고 하시지만, 감히 단언하면 그 어떤 남자도 자기가 좋아하는 여자와 영화 한 편 볼 시간을 낼 수 없을 만큼 바쁜 남자는 없습니다.

만약 정말 너무나도 바쁜 남자라 그 약속을 지키지 못했다면 다른 이벤트를 준비해서라도 '신뢰 회복'을 위해서 노력해야 합니다. 그 어떤 상황에서도 여자와의 약속을 쉽게 잊어버린다면 그것은 상대에게 관심이 없다는 뜻일 확률이 높습니다.

Question 2)

만난 지 4개월 정도 된 남자가 있습니다.

무엇보다 자상하고 스타일도 마음에 들어서 은근히 마음에 드는 그런 사람이었어요.

만나고 나서 한 2개월쯤 지났을까?

그 사람이 함께 여행을 가자고 해서 제주도로 여행도 다녀왔어요. 저는 당연히 이 사람이 제 애인이라고, 이 사람도 제가 이 사람을 좋아하는 것만큼 저를 좋아한다고 생각했었어요.

그런데 얼마 전에 저에게 그러더군요. 자기는 아직 누군가를 만날 준비가 덜 되어 있다고, 저한테만 그러는 게 아니고 정말 그 어느 누구와도 아직은 사랑할 때가 아니라고요……

아직 학생이라 공부에 방해도 되고, 취직 준비에 복잡해서 그런 것은 저도 알고 있어요.

그래서 조금만 기다리면 되겠지? 하고 기다리는데 이렇게 기다리면서도 마음이 아픈 건 어쩔 수가 없네요. 이 남자 조금만 기다리면 저에게 오겠죠? 그렇죠?

Answer 2)

먼저 공부와 취직 준비에 너무나도 바쁜 그 남자분이 그동안 님과 연애도 하고, 여행도 다녀오고 그랬다니 제가 볼 때는 그 남자분이 님의 생각만큼 바빴던 것 같지는 않은 것 같습니다.

정상적인 남자라면 자신이 사랑하는 여자가 앞에 있는데도 시간이 없다느니? 준비가 안 되어 있다느니? 지금은 그 누구와도 만날 준비가 안 되어 있다는 식의 말을 하면서 '연인'이 되는 것을 두려워하지 않습니다.

그 남자분이 갑자기 연애를 할 수 없을 정도로 바쁜 사람이 되는 것은 정말 바빠서가 아니라, 님에게만 바쁜 것 같습니다. 그리고 그 남자분은 필요할 때만 님에게 오는 그런 사람이 될 확률이 높은 남자입니다.

Question 3)

사귄 지 1년 반이 된 남자친구가 있어요. 사는 곳이 조금 멀어서 한 달에 두세 번 정도만 만나는 사이죠. 비록 자주 볼 수는 없지만, 그래서 그런지 더 애틋하고 좋았어요.

남자친구도 저에게 너무 잘 해주고, 저도 남자친구가 원하는 그런 여자가 되려고 노력했어요.

그런데 얼마 전에 차 안에 함께 있는데 전화가 오더군요. 그런데 친한 친구의 전화인데도 받지를 않는 거예요. 남자친구는 그냥 친구들이 술 마시자고 전화하는 거라면서 지금 받으면 가야 하니까 안 받는다고 하더군요.

저와 헤어지기 싫어서 친한 친구들의 전화까지 받지 않는 남자친구에게 너무나도 고마웠답니다. 남자들끼리는 여자친구보다 친한 친구들을 더 중요하게 생각한다는 말을 언젠가 들은 적이 있거든요.

그런데 전화가 계속 왔어요. 문자도 계속 오고요. 전 남자친구의 친구들에게 너무나도 미안해서 남자친구가 말리는 데도 인사라도 해야겠다 싶어서 전화를 받았죠.

그런데 거기서 여자 목소리가 나오더군요. 남자친구는 친구들이 장난치는 거니까 끊으라고 했지만, 갑자기 뭔가 느낌이 이상해서 그 여자와 잠시 통화를 했어요. 그리고 알았죠. 남자친구에게 다른 여자가 있다는 것을요……

자세히 살펴보니까 남자친구는 핸드폰에 이명길*이란 식으로 친한 친구 이름 뒤에 '*' 표시를 붙여놓고 전화를 구분해서 받았더라고요. 남자친구는 다시는 안 그러겠다면서 눈물을 흘리면서 용서를 빌었습니다.

저 없으면 확 죽어버리겠다고 하더군요. 행동은 너무 괘씸하지만, 저도 그 사람을 아직까지는 지울 자신이 없습니다. 제가 어떻게 해야 하나요?

Answer 3)

친한 친구의 이름 뒤에 '*'를 붙여서 전화를 구분해서 받았다. 이런 행동은 님이 없으면 확 죽어버리겠다는 마음을 가지고 계신 남자분의 행동 치고는 상당히 치밀해 보입니다.

그 남자분이 그 전화를 건 여자분을 만나서는 과연 어떤 말을 했을지 매우 궁금하군요? 언제나 이런 상황에서 제가 드리는 말이 있습니다.

남자건 여자건 바람을 피워서 싸우는 것은 다른 싸움과 다릅니다. 세상 모든 연인들은 크든 작든 간에 싸움을, 다툼을 합니다. 그런 다툼을 통해서 서로에 대해서 알아가고 부족한 부분들을 맞추어 나가는 것이죠.

그러나 '바람'은 그런 크고 작은 다툼의 범위에서 제외됩니다. 보다 더 확실한 것은 바람은 습관으로 이어질 확률이 높다는 것입니다. 지금 그 남자분을 너무나도 사랑하셔서 헤어질 수 없다면 계속 만나셔도 됩니다. 그러나 예전처럼 너무 믿음을 가지고 만나시는 것은 좋은 방법이 아니라는 것을 미리 말씀드리고 싶습니다. 사랑하는 연인 사이에서 지켜야 할 가장 중요한 것은 '사랑'이나 '약속'이 아니라 신뢰이기 때문입니다.

남자든 여자든 사람이라면 모두가 다 똑같다. 자기가 정말 좋아하는 사람의 마음을 가지기 위해 노력한다는 것이다. 사람이 사람을 좋아하면서도 '어떤 이유'에서 그 관계가 더 이상 발전할 수 없다면 그 관계는 분명 문제가 있는 것이다.

"세상을 살면서 1편보다 더 재미있고 즐거운 2편이
있다면 그건 바로 사랑입니다."

(연애 컨설턴트 이명길)

이별을 통해서 배우게 되는 것
& 상황별 이별 대처 방법

"연애 컨설턴트쯤 되면 여자친구를 만드는 데 별로 긴장되거나 어려움은 없죠?"

가끔씩 이런 질문을 들으면 나는 이렇게 대답한다.

"항상 긴장하죠! 긴장을 하지 않으면 제대로 접근을 할 수가 없거든요."

이렇게 답을 하면 사람들은 그냥 웃지만, 사실이다. 나는 긴장이 되지 않으면 제대로 접근을 할 수가 없다.

어느 정도의 긴장감은 내 스스로를 서두름에서 구해주고, 신중함을 주며, 자만에서 꺼내주고 노력하는 법을 가르쳐 주기 때문이다.

그동안 많은 여자들을 만나왔고, 이별을 해 봤지만, 새롭게 시작되는 만남은 언제나 날 긴장시키고, 헤어짐은 날 아프게 한다.

내가 이런 만남과 이별들을 통해 배운 것은 내 스스로가 그런 긴장감을 조절할 수 있게 되었다는 것이다. 즉, 여자에 대한 스스로의 마음을 어느 정도 통제할 수 있다는 말이다.

일반적으로 사람들은 사랑에 성공했을 때나 실패했을 때나 다 '하지 말아야 할 것'들을 배운다.

내가 어떻게 해서 성공했는지는 즐거운 마음에 잊어버리지만, 내가 한 행동으로 인해 힘들었던 기억은 쉽게 잊혀지지가 않기 때문이다.

당장은 너무 아프고 힘들지만, 그리고 인정하기도 힘들 테지만, 아픔은 분명 즐거움보다 더 소중한 가르침이 되어주기도 한다.

내 경험으로 아픔은 즐거움보다 10배 더 빠르고 정확하게 무언가를 가르쳐 준다. 그것도 결코 잊을 수 없는 방법으로 말이다.

언제나 우리는 때로는 실패하고 때로는 성공한다. 이 세상 그 누구도 무조건 편하게만 사는 사람은 없다. 아픔을 겪었을 때 그 아픔을 도움이 되는 것으로 만들든지, 그냥 그 위에 주저앉든지는 스스로의 판단이지만, 그 결과를 우리는 쉽게 예측할 수 있다.

그러나 아무리 냉정하게 생각해서 이별이 도움이 된다고 스스로 위로해 봐도 그 순간만큼은 견딜 수 없이 힘이 든 것이 사실이다.

이럴 때는 어떻게 해야 하는지를 상황별로 한번 알아보자.

상황별 이별 대처 방법

몸에 난 상처를 치료하는 데도 시간이 걸리고, 치료과정도 필요하다.

사실 똑같이 아프다고 할 때 마음의 상처가 더 아플지, 몸에 난 상처가 더 아플지는 누구도 알 수 없지만, 확실한 건 이별하고 받은 상처는 그 휴유증이 꽤 오래갈 수 있기에 꾸준한 처방이 필요하다.

첫 번째 이별 상황
- 이별 후 남자가 다시 접근하려고 할 때

실제로 커플들은 다투고, 후회하는 과정에서 서로의 존재를 조금씩 알아가게 된다. 이런 의미에서 볼 때 다시 돌아오는 남자는 지난 일을 반성하고 오는 것이라고 판단하고, 한 번 더 기회를 주어야 할지도 모른다.

그러나 남자들의 행동 성향을 볼 때 다시 한 번 더 생각하고 넘어가야 할 것이 있다. 바로 스킨십이다.

이 스킨십이 남자들에게 얼마나 중요한지 여자들은 이해하지 못할 수도 있다. 여기서의 스킨십이란 단순한 섹스를 넘어 남자들이 여자들과 함께 하면서 느끼는 정신적·신체적 안도감까지도 의미한다.

남자들은 여자들과 신체접촉이 끊어지면 허전함을 느낄 수 있다. 이별 후 남자가 다시 돌아오려고 할 때 여자들은 이 남자가 정말 자신의 존재를 깨닫고 지난 행동을 뉘우치기 때문에 돌아오려고 하는지, 아니면 '신체 접촉의 금단현상'을 이기지 못하고 접근하려 하는지 잘 생각해 봐야 한다.

두 번째 이별 상황
– 이별은 했지만, 아직도 그 사람을 잊지 못할 때

이런 상황에서 가장 먼저 해야 할 일은 한 달 정도는 꾹 참고 기다려 보는 것이다. 이 기다림에는 여러 가지 의미가 있다.

첫 번째 의미는 남자에게 먼저 기회를 주는 것이다. 수동적이라고 생각하지 말자. 남자 스스로에게 내가 얼마나 소중한 사람인가를 스스로 깨닫고, 돌아올 수 있는 기회를 양보하는 것이라고 생각하자.

두 번째 의미는 자기 스스로에게 생각할 시간을 주는 것이다. 그 동안 이 남자 없으면 못 살 것 같았던 자기 자신에게, 좀더 객관적인 시각에서 서로의 관계를 다시 생각해 보는 시간을 주라는 것이다.

이 시간은 정말 이 남자가 내가 함께 할 가치가 있는지, 나와 만날 때의 모습은 솔직했었는지, 정말 나에게 최선을 다 했었는지 등등을 한번 더 생각해 보는 유익한 시간이 될 것이다.

세 번째 의미는 다른 사람을 만날 기회를 만들어 보라는 것이다. 세상은 내가 보는 것이 다가 아니다. 이것처럼 우리는 일생을 살면서 채 10명도 안 되는 사람을 만나보고, 그 중에 한 사람을 평생의 반려자라고 생각하고 믿으며 살아간다.

이 시간은 그 믿음에 질문을 해 보고, 다른 세상이 있다는 것을 스스로 알아보는 시간이다.

마지막 의미는 반대로 내가 무엇을 잘못했는지를 알아보는 시간이다. 가장 중요한 시간으로 그 사람과 내가 헤어진 이유를 냉정하게 돌이켜보는 시간을 의미한다.

서로가 이해 못하는 서로의 단점을 파악하고, 인정하고, 서로 맞춰가는데 가장 필요한 양보의 중요성을 느껴야 하고, 그것을 실천하는 데 필요한 것들을 준비하는 시간이다.

약 한 달 정도의 이런 기다림을 한 후에도 만약 남자가 돌아오지 않는다면 여자 입장에서는 마지막 선택을 해야 한다. 내가 대시를 해볼 것인가? 말 것인가?의 문제인데, 이때 가장 중요한 것은 후회할지의 여부와 그 이후에 그 남자와의 관계이다.

실제로 상담을 하다 보면 가끔씩 여자분들이 헤어진 뒤 먼저 감정을 표현하고 후회를 하는 것을 봤다. 헤어지고 당장 다음날 죽겠다고, 서툴게 남자에게 전화하고 문자 보내고 안절부절하지 말고 여유있게 한 달 정도는 기다려 보는 것이 좋은 방법이다.

(자체 돌발 질문) 만약 그 사이에 남자가 다른 여자를 만난다면?

(답) 그럼 오히려 더 다행이다. 헤어지고 바로 다른 여자를 만날 만큼 날 좋아하지 않았거나, 다른 사람이 들어올 틈을 항상 가지고 있었다는 증거이기 때문이다.

남은 미련조차 버려 버리고, 헤어져도 최소한 한 달은 당신을 생각하며 수절할 더 좋은 남자를 만나기를 적극 권한다. 괜히 자기가 어떻게 나한테 그럴 수가 있느냐며 속상해 하며 욕해 봤자 자신만 손해다!

세 번째 이별 상황
－ 헤어진 남자친구가 다시 친구라는 이름으로 접근할 때
일반적으로 남자는 여자와의 친구관계를 부정한다. 그럼에도 이런

접근을 시도하는 것은 어떤 목적이 있어서일 확률이 높다. 그리고 보다 더 중요한 것은 이미 사랑하는 마음이 없다는 것이 몸으로 증명되는 순간이라는 것이다.

만약 이 남자가 정말 미련이 남아 있다면 친구로서가 아닌 남자친구로 잘못을 빌러 왔어야 하는 것이다. 물론 그렇다고 이런 상황이 무조건 안 좋다는 것은 아니다. 이렇게 다가오는 남자를 편하게 만나고 말지는 본인이 결정할 문제이기 때문이다.

자신이 그 남자에게 다시 빠지지 않고 다른 남자를 만날 수 있다는 판단 아래서 보험이나 재미 차원에서 만난다면 그건 본인의 문제이다. 그러나 그런 만남을 가져서라도 그 남자를 잡고 싶은 마음에서 허락을 한다면, 그건 안 된다. 왜냐하면 그런 식으로는 절대 이미 돌아간 남자의 마음을 잡을 수 없기 때문이다.

네 번째 이별 상황
— 이별 후 남녀의 차이

일반적으로 이별을 하고 난 후, 남자는 빠른 시간 안에 다른 만남을 가질 수 있다. 그러나 여자는 스스로가 다가오는 만남도 자꾸 밀어내려는 경향이 있다.

물론 새로운 사람을 만난 후에도 남자는 지난 여자친구 생각을 가끔 하지만, 여자는 한번 마음이 돌아서면 예전 남자친구는 별로 생각하지 않는다.

또한 남자에게는 지난 여자친구와의 기억이 추억이 될 수 있지만, 여자에게 지난 추억은 허물이 될 수 있다. 이는 아직도 남녀가 만나고 헤어지고 나면 여자가 더 손해라는 인식이 우리 사회에 깊게 남아 있기 때문이다.

그렇기에 여자는 다시 손해 보지 않기 위해 보다 더 신중해지고, 남자는 만나도 별 손해가 없기 때문에 일단 만나보고 시작하게 되는 것이다.

덧붙여서, 이별 후에 주의할 점은 자포자기하는 심정으로 아무나 만나는 것은 좋지 않다.

이별의 아픔은 혼자보다는 친구들과 함께 할 때 극복하기 한결 나아진다.

이별하고 될 대로 되라는 심정으로 사람을 만난다면, 만나는 동안 계속 그 사람과 비교가 되어지고, 스스로 역시 자기의 선택을 후회하며 만나게 된다. 즉, 오래가지 못한다.

또한 이별을 하고 혼자 있으면 그 미련의 느낌이 2배로 커지기 때문에 친구들의 도움이 필요하다. 미련의 느낌이란 마치 세상에 혼자만 있는 듯한 느낌, 그 사람 같은 남자 다시는 못 만날 것만 같은 느낌, 세상모든 것을 다 잃어버린 듯한 느낌을 의미한다.

이럴 때 친구들의 도움을 받으면 극복이 한결 수월해진다. 혼자 모든 슬픔을 가지려고 하지 말아라. 그 어떤 누구도 눈 하나 깜빡하지 않으니까 말이다!

마지막으로 한 번 더 강조하겠다.

"아픔은 즐거움보다 10배 더 빠르고, 정확하게 무언가를 가르쳐 준다."

늑대와 여우는 친구가 될 수 있을까?

이 주제는 남자뿐이 아니라 친구들끼리, 연인들끼리 한 번쯤은 토론해 봤을 문제이다. 절대 답이 나올 수가 없는 절대 주관식 문제임에도 불구하고 이 주제만 나오면 찬반 양론이 갈려 최고의 화제가 되고는 한다.

항상 이야기해도 답이 나오지 않는 문제이기에 어려운 만큼 재미있는 문제이기도 한, 이 문제의 진실은 무엇일까?

지금부터 연애관련 질문 중 최고로 뜨거운 감자라고 불리는 남녀간의 친구 사이가 가능할까? 라는 문제를 한번 분석해 보자.

여성에 관한 남자들의 생각과 행동에는 어느 정도의 모순이 존재한다. 즉, 섹시하면서 지적인 여자, 날씬하면서 글래머인 여자 등과 같은 것들 말이다. 이런 모순처럼 남자는 여자를 만나기 전과 만나는 중, 그리고 만나고 난 후가 또 달라진다.

연애 중인 늑대의 마음

일반적으로 남자는 자기 여자가 다른 남자를 만나는 것에 부정적인 반응을 보인다. 그렇기에 이 시기에는 남녀의 관계를 부정하려는 경향이 있다. 왜냐하면 이런 의사표현을 명확히 해야 지금 내가 만나는 여자의 행동을 공식적으로 제약할 수가 있는 것이다.

그러나 이는 남자가 여자를 믿지 못해서가 아니다. 내 여자친구가 다른 남자를 만나는 것 자체를 싫어하는 것도 중요한 이유가 될 수 있지만, 보다 더 근본적인 원인을 알아보면, 그것은 내 여자친구를 못 믿어서가 아니라 지금 내 여자친구가 만나는 그 친구라는 혹은 오빠라는 그 남자를 믿지 못하기 때문이다.

이는 남자들끼리는 서로가 늑대임을 너무 잘 알고 있기 때문에 친구라는 울타리 정도는 마음만 먹으면 넘을 수 있다는 것을 인정하고 있다는 것이다.

이에 반해서 여자는 최대한 자신을 믿고 있으며, 이 시기에는 되도록 많은 남자를 알고 지내는 것이 손해 볼 것이 없으므로 남녀의 친구 사이를 인정하는 경향이 강하다. 그렇기 때문에 자신과 교제

중인 남자가 남녀의 친구사이를 인정하지 못한다면 이미 자신과 사랑을 하고 있음에도 자신을 믿지 못하는 남자를 안타깝게 생각한다.

요약하면 남자는 여자친구의 마음뿐 아니라 만나는 남자들의 속마음까지도 신경을 쓰기 때문에, 남녀의 친구 사이를 반대하고, 여자는 자기가 만나는 남자는 나에게 관심이 없고, 그냥 친구일 뿐이라고 생각하며, 무엇보다 중요한 건 설사 남자친구의 말이 맞다고 하더라도 여자 스스로가 그런 관계를 컨트롤할 수 있다고 믿기 때문에 남녀의 친구사이를 인정하는 경향이 강하다.

연애 후 늑대의 마음

위와 같은 상황이 이별을 하고 난 후에는 어떻게 변할까?

가끔씩 이별을 한 후 남자가 그냥 친구가 되고 싶다며 접근을 하는 경우가 있다. 연애를 할 때는 남녀 사이에 친구란 없다! 라고 이야기했던 사람이 이제와서 말을 바꾸는 것이다.

왜 이 남자는 헤어진 여자와 친구가 되기를 원하는가? 그리고 여자는 이때 어떤 생각을 하게 될까?

먼저 남자가 헤어진 여자와 친구사이가 되기를 원하는 이유는 간단하다. 앞서 말했듯이 사회적인 이유가 강해서인데, 남자에게는 일단 한 번 연애를 했던 상대이므로 편하게 만날 수 있는 이런 상대가 많을수록 자신에게 좋기 때문에 비록 연인은 아니더라도 그 인연의 줄을 끊어 버리고 싶어하지는 않는다.

또한 남자는 한번 자기 것이었던 여자는 시간이 지나도 다시 자신의 것으로 만들 수 있을 것 같은 착각을 조금씩 가지고 있기도 하다.

　그럼, 이때 여자의 마음은 어떠할까? 분명 여자는 남녀의 친구 사이를 인정하려는 경향이 강하다. 이는 알고 그러는지 모르고 그러는지 남녀의 친구 사이를 인정함이 스스로에게 유리함을 잘 알고 있기 때문이다.

　그러나 사실 여자의 입장에서는 헤어지면 남보다 못한 것이 예전 남자친구이다. 이는 여자와의 기억이 아름다운 추억이 되는 남자와는 달리, 여자에게는 아름다웠던 기억조차도 허물이 되고 마는 우리나라의 독특한 사고방식 때문이다.

　이런 이유에서 남자와 친구가 될 수 있다고 믿었던 여자들도 섣불리 남자와 친구가 되지 못한다.

　사람들이 그러하듯 남자들도 자신의 상황에 따라 생각을 바꾸기도 하지만, 남자가 여자친구의 이성친구를 인정하지 못하는 것이 남자 스스로가 늑대라는 사실을 너무나 잘 알고 있기 때문이라는 사실이다.

사랑만큼 중요한 것이 이별이다

천 번을 넘게 사랑한다고 말해도 한번 헤어지자고 말해서 돌아서면 남남이 되는 게 사랑이다.

또한 죽도록 사랑하는 사이였지만, 둘아서고 나면 남남보다 못한 것이 사랑의 특징이기도 하다. 그렇다고 아무하고나 쉽게 사랑하는 것은 아니다.

사람들은 나름대로 복잡한 시작을 하고, 아프고 힘든 헤어짐을 가진다. 남녀관계에서 다툼의 원인은 너무나 많이 있을 수 있겠지만, 간단히 이유를 종합하면 처음보다 서로에 대한 이해심과 애정이 줄었기 때문이다.

또한 그 불만이라는 것도 상대가 원인이라기보다는 자기가 생각했던 연애와 현실의 차이에서 오는 불만인 경우가 많다. 아무튼 누구나 몇 번씩은 경험하게 되는 이별, 이런 이별이 분명 가슴 아픈 일이기는 하지만, 남자친구의 잘못을 계속 용서만 해 주는 것은 반드시 그보다 더 큰 아픔을 가져올 수 있다.

나만 사랑한다고 했던 남자가 바람을 피울 때

아무리 강조해도 지나침이 없다. 바람! TV 드라마의 단골 소재인 불륜, 바람. 일반적으로 드라마 속에서의 여자는 외도한 남자를 기다려 주기도 하고, 때로는 이해까지도 해 주는 희생과 봉사정신을 보여주기도 한다.

그러나 그런 모습들이 이상적인 모습일까? 그게 이상적인 모습이 아니라면 과연 남자의 외도를 어디까지 이해해 주어야 하는 것일까?

만약에 "남자친구가 바람을 피우면 어떻하시겠어요?"라고 여자분들에게 물어보면 십중팔구는 다 헤어진다라고 답한다.

그러나 현실 속에서도 그럴 수 있을 것이라고 단언할 수 있을까?

현실에서 누군가를 너무나 사랑하면 그동안은 그 어떤 것도 눈에 들어오지 않는다. 심지어는 이 사람이 다른 사람을 만나도 배신감은 느끼지만 나에게만 다시 돌아온다면 용서할 수 있다는 생각도 하게 된다.

그러나 냉정하게 이야기하면 바람은 반성할 문제가 아니다. 이것은 실수가 아니고 습관이기 때문이다. 처음부터 쿨하게 만난 사이가 아니였다면, 남자가 입바른 소리라도 영원이나 사랑이니 떠들면서 다른 여자를 만났다면 그 남자는 이미 사고방식에 문제가 있는 남자이다.

사랑한다고 뒤돌아볼 필요도 없다. 그 남자는 말로만 사랑을 했을 뿐이다.

상습적인 거짓말을 할 때

'내 남자친구는 절대 나에게 거짓말 같은 거 안 해?'라고 생각하는 여자분들이 있다. 감히 단언하건대 여자친구에게 그 어떤 거짓말도 하지 않는 남자는 거의 없다.

연인간에는 거짓말의 수준, 목적의 크고 작음이 있을 뿐이지, 서로가 서로에게 100% 솔직할 수만은 없는 것은 너무나 당연하다.

내가 여기서 이야기하는 거짓말은 처음과 끝이 다른 거짓말이다. 연애 초기에 남자들은 자신이 한 말을 지키려고 노력한다. 그러다가 어느 정도 시간이 지나고 서로가 적응하기 시작하면 다른 말들을 하기 시작한다. 여자친구보다 다른 사람들과 어울리는 시간이 늘어나고, 그 시간을 만들기 위해 거짓말을 하게 되고, 했던 약속을 취소하기 위해 다시 거짓말을 하게 된다.

또 여자친구가 이것을 알았다 하더라도 여자친구의 잔소리가 귀찮고 별거 아니라는 듯한 반응도 보인다. 물론 모든 연인이 영원히 뜨겁게 사랑만 하고 살 수는 없으나, 연애 초기에, 아직 결혼도 하지 않은 상황에서 서로의 믿음을 저버리는 거짓말을 하는 남자는 나중에 더한 행동을 할 수 있는 사람이 될 수 있다.

다시 강조하면 서로 다른 여자와 남자, 그것도 피 한 방울 섞이지 않은 사람들이 만나서 서로에게 가장 소중한 사람이 되어주기로 하는 상황에서 지켜야 할 가장 중요한 것은 정조도, 서로에 대한 사랑의 약속도 아니다. 그것은 바로 '신뢰' 이다.

단점만을 지적하는 행동, 자존심에 상처를 주는 말을 할 때

아무리 서로를 위하는 말이라도 할 수 있는 말과, 해서는 안 되는 말이 있다. 만나다 보면 서로가 단점을 발견할 수도 있다. 그리고 그런 단점들은 서로 상의해서 고쳐나가는 것이 가장 좋은 방법이다.

그러나 말하는 방식이 상의와 협상(?), 토론이 아닌 경고·권고 등의 방식이 된다거나, 자존심을 건드리는 말을 한다거나 하는 것은 분명 잘못된 행동이다.

사람의 행동은 계속 과감해지기 마련이다. 이런 남자는 만남의 시간이 길어지면 질수록 더욱더 강한 말과 행동을 하게 될 것이 확실하다. 이별까지는 아니지만 관계를 다시 한 번 생각해 볼 대상이다.

예전 애인의 이야기를 자꾸 꺼내면서 비교할 때

누구나 과거는 있을 수 있다. 그러나 솔직함 때문이거나, 아니면 양심의 가책 때문에 한두 번 정도 이야기를 해 주는 차원이면 모르겠으나, 지금 나와 연애를 하면서 "예전 여자친구는 이랬었는데, 너는 왜 안 그래?" 라는 식으로 이야기하면서 비교하는 남자가 원하는 것은 당신이 아니라 예전 여자친구이다.

이런 남자가 이야기하기를 원하는 의미를 굳이 생각해 보면 "나는 예전에 이런 여자도 만났었어, 너도 나랑 만나려면 더 잘해?"라는 의미이거나, 주위 사람과 비교해 볼 때 당신이 부족하다는 것을 이야기하고 싶은 것이다.

사는 게 너무 바빠서 신경을 너무 안 써줄 때

여자는 열정적으로 사는 남자의 모습을 너무 좋아한다. 그러나 일에 너무나 몰두한 나머지 여자친구에게 무관심한 남자는 문제가 있다.

결혼을 해서 식구가 딸리고 집에서 매일 보는 그런 사이일 경우에는 모르겠지만, 연애 중에 바쁨을 핑계로 무관심한 남자는 문제가 있는 남자이다.

때로 여자들은 남자들이 바쁘다고 하면 정말 죽도록 바쁜 줄 알고 열심히 사는 남자를 멋있게 바라본다. 그러나 핸드폰, 집 전화번호 찍기 등 그 어떤 방법을 써도 자기 남자를 24시간 완벽하게 감시할 수는 없다.

잘 만나다가 갑자기 일을 핑계로 데이트가 예전 같지 않은 남자는 정밀한 검사가 필요한 남자이다.

남자는 한번 봐 주기 시작하면 바로 그것에 적응하기 시작한다. 그리고 두 번, 세 번, 계속 용서를 구한다. 언제나 처음이 가장 중요하다. 용서는 미덕이다.

그러나 사랑에서 모든 것을 용서하기만 한다면 얻은 것보다 잃어버리는 것이 더 많다. 모든 것을 다 잃어버리고 자신이 사랑하는 사람을 얻는다면 그것도 나쁜 일은 아니겠지만, 문제는 모든 것을 다 잃어버리고 그 사람까지 잃어버리게 된다는 데 있다.

PART 4

멋진 여우가 되기 위해
알아야 할 것들

늑대를 움직이는
연애기술 2가지

좋아하는 사람을 내것으로 만드는 방법! 사실 그런 방법이나 처방은 신화 속 큐피트나 동화 속에서나 나올법한 이야기가 아닐까 싶다.

그럼에도 많은 분들이 내가 연애 컨설턴트라니까, 혹시 좋아하는 사람의 마음을 움직이는 방법이 없을까요? 하고 조심스런 질문을 해온다. 나 역시 늘 좋은 방법을 가르쳐 드리고 싶지만, 사실 그 사람에게 맞는 무기를 알려주기 위해서는 먼저 그 사람에 대한 정보들이 필요하기 때문에 함부로 조언을 해드릴 수가 없다.

내가 아무것도 모르는 상황에서 상담해 온 짧은 내용만을 가지고 진단을 내리게 된다면, 야구 타자에게 권투 글러브를 끼워 타석에 세우거나, 마라톤 선수에게 하이힐을 신겨 경주에 내보내는 경우가 발생할 수 있기 때문이다.

그럼 혹시 야구선수든지 마라톤 선수든지 누구나 다 상관 없이 사용할 수 있는 연애기술 or 전략은 없을까?

이런 기술이 있다. 심리전을 이용한 기술로 자체 검증 및 여러 실험을 통해 확실히 그 효과를 입증한 전략이다.

아마도 많은 사람들이 인터넷을 이용해서 휴대전화 문자를 보내본 경험이 있을 것이다. 그리고 얼마나 사용하는지는 잘 모르겠지만, '예약문자'라는 것을 들어서 알고 있을 것이다. 이것을 이용하면 상대의 마음을 흔들 수가 있다.

예약문자라는 것은 미리 문자를 보내 놓으면 원하는 시간에 상대에게 그 메시지를 전송할 수 있는 기술이다. 이 기술을 내가 나에게 보내는 것이다.

예를 들어보자. 데이트가 있는 날에는 남자친구 or 이성친구를 만나기 전에 미리 예약 문자를 보내놓는다.

만약 데이트 시간이 7시이고 문자를 보내놓은 시간이 9시와 9시 5분 이렇게 두 번이라면 여자는 데이트를 하다가 9시쯤이 되면 어디 맥주를 한잔 마시러 간다던가 차를 마시러 간다.

그리고 9시가 막 되기 전에 화장실을 한 번 다녀오면 된다. 단, 휴대폰은 테이블 위에 잘 보이게 올려놓는다. 요즘은 휴대전화가 듀얼 폴더라 굳이 열지 않고서도 문자 확인이 가능하다. 그렇기 때문에 보통 남자라면 특별히 할 것도 없는 상황에서 자신이 관심 있는 여자에게 문자가 2번이나 온다면 한 번쯤 보고 싶은 마음이 들 것이다.

나와 함께 있는 시간에 모르는 남자에게 따뜻한 문자가 오는 여자? 매력이 있어 보일까, 없어 보일까? 그리고 이때 남자는 어떤 생각이 들까?

아무튼 이런 방법으로 정해진 시간에 도착한 문자를 상대방이 보도록 만들면 일단 70%는 성공이다. 나머지 30%는 연출이다.

상대방의 기분에 관계 없이, 그리고 상대방이 알고 있든 모르고 있든 무조건 불필요한 말은 하지 않는 것이 좋다. 남자가 물어본다고 예전에 만났던 사람이라든지, 따라다니는 남자가 있다든지 하는 등의 핑계는 절대 필요 없다.

불필요한 말은 전략을 노출시킬 수도 있고, 상황에 따라서는 공주처럼 보이거나 재수없는 여자로 보일 수도 있기 때문이다.

이럴 때는 모르는 거라고 나도 신경 안 쓰니까 너도 신경 쓰지 말라고 아무렇지도 않게 말하면 된다. 나는 내가 보낸 거니까 신경 쓸 필요가 없지만, 그 문자를 본 상대남자는 신경을 안 쓰려고 해도 안 쓸 수가 없다.

이때 주의할 점이 있다. 상대에 따라서 메시지 내용의 강도가 달라진다는 것이다. 그냥 관심 있는 사이라면 〈주말에 영화 볼래?〉 〈다음 주에 시간내서 꼭 보자?〉 등의 메시지가 적합하지만, 연인 사이라면 그냥 〈보고 싶다〉나 〈잘 지내니?〉처럼 짧고 여운을 주는 내용이 좋다.

또한 그냥 관심 있게 만나는 사람이라면 발신자 번호 입력시 저장되어 있는 아무 남자 번호로나 보내도 상관이 없지만, 연인 사이라면 가벼운 내용일지라도 발신자 번호가 표시되어서는 안 된다.

그냥 관심 있는 상대에게는 자신이 얼마나 인기가 있는 사람인지 알려주는 차원에서 발신자 이름을 나타내도 된다. 물론 그냥 관심 있는 남자가 그 전화번호를 기억했다가 확인을 하는 경우는 거의 없다.

그러나 남자친구의 경우에는 다르다. 그렇기 때문에 발신자 번호는

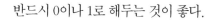

반드시 0이나 1로 해두는 것이 좋다.

이 기술은 '나도 너 말고 관심 가져 주는 사람이 더 많다'는 것을 직·간접적으로 보여주는 기술이다.

지하철에서 물건을 팔아도 아무도 사지 않으면 사고 싶어도 못 사게 되는 경우가 있고, 길거리에서 공연을 해도 나 말고 주위에 다른 사람들이 모여 있어야 그 공연이 더 좋아 보이기 마련이다.

사람들은 처음에 무언가를 하기보다는 이미 검증된 것들에 안주하는 경향이 있다. 이런 심리를 이용한 기술이다.

첫 번째 기술이 상대의 경쟁심을 자극해서 나를 상대에게 어필하기 위한 전략이라면, 두 번째 기술은 연애에 앞서서 인간적으로 괜찮은 사람으로 보이게 하는 기술이다.

인간적으로 괜찮은 사람의 기준은 무얼까?

많은 기준이 있겠지만 바로 찾아주는 사람이 많은 사람이 바로 인기 있는 사람이고 인간적인 사람이 아닐까 싶다.

실제로 사람들은 그 사람을 얼마나 자주 찾아주는가로 그 사람을 평가한다. 그렇기에 친구들 혹은 주변 사람들로부터 끊임없이 전화나 문자가 오는 사람은 성격도 좋아 보이고, 무언가 매력을 지닌 것처럼 보인다.

남녀관계에서도 한없이 한가하게 보이는 사람보다는 왠지 바빠보이는 사람이 더 좋아보이기 마련이다. 예를 들어서 당신이 어떤 남자와 데이트를 하는데 이 남자가 만나는 5시간 동안 전화는커녕 친구들로부터 문자도 한 번 오지 않는다면 그 사람이 어떻게 보이겠는가?

반면에 함께 있는 동안 친구들 가족들로부터 계속 전화도 오고, 문자도 온다면? 그렇게 바빠 보이면서도 나와 함께 있기를 원하는 이 남자가 매력이 있어 보일까, 없어 보일까?

이 기술도 기본방법은 같다. 그러나 예약문자로는 한계가 있다. 바로 예약문자를 받을 때 진동의 길이가 벨소리와 다르기 때문이다.

문자가 오는 것이야 예약문자로 가능하지만, 전화가 오는 것과 같은 효과는 어떻게 낼까? 이때는 알람을 이용하면 된다.

문자를 받으면서 답문을 보내는 척하고 알람을 30분에서 40분 간격으로 맞추어 두는 것이다. 그리고 알람이 울리면 마치 전화가 온 듯 화장실 좀 다녀오겠다고 전화기를 들고 나가면 아주 간단한 방법으로 한가하지 않은 사람으로 보일 수 있다.

언제나 많은 사람들이 찾는 사람은 가치가 올라간다. 그렇기에 처음에는 별로로 보였던 사람임에도 주위에서 자꾸 괜찮다, 괜찮다 하면 자기 눈에도 점점 괜찮은 사람으로 보이게 되는 것이다.

사랑의 주 재료는 사랑하는 두 사람이지만, 사랑이라는 요리를 할 때 이런 양념들을 사용한다면 더 맛있는 사랑을 할 수 있다.

마지막으로 그 어떤 연애기술도 상대가 아는 순간 그 효과가 사라진다는 것을 반드시 기억해야 한다. 그리고 나쁜 짓 하는 것도 아니니 양심에 찔리거나 할 필요도 없다.

이건 연습 열심히 해서 실기시험 보는 것과 같은 것이다. 전략이니 하는 말로 나쁘게 생각하지 말고, 내가 그 사람을 얼마나 좋아하면 이렇게라도 잡고 싶겠는가? 라고 생각하자. 이것도 다 노력이다.

연애와의 전쟁에서는 어떠한 전략과 전술도 허용된다.

매력있는 여우가 되기 위한
5가지 기본 법칙

남자와 여자가 만나는 동안에는 가끔씩 오해가 생기게 된다. 이런 오해의 이유는 아주 사소한 것이거나 서로가 서로를 잘 몰라서 생기는 경우가 많다.

예를 들어서 여자들이 너무 중요하게 생각하는 고민을 남자는 별거 아닌 이야기로 넘어가는 경우가 그 중 하나이다.

이런 상황에서 여자는 남자가 자신에게 무관심해졌다고 느끼게 되고, 서운한 감정을 가지게 된다. 다른 남녀의 대표적인 차이로는 위로를 받는다는 것에 대한 인식의 차이이다.

여자는 누군가가 힘들어하면 도와주고 위로해 주어야 한다고 생각을 한다. 이런 생각을 가지고 있기에 자신이 힘들어할 때도 누군가가 위로해 주고 도와주어야 하는 것이 당연하다고 생각을 한다.

그러나 남자들은 친한 친구가 힘들어해도 섣불리 도움을 주지 못한다. 대신 그 친구가 도움을 청할 수 있는 거리에서 기다린다. 남자들에게는 이것이 우정이기 때문이다.

굳이 친구가 말하지도 않았는데 위로해 주려다가 친구의 자존심에 상처라도 주면 안 도와주는 것만 못하기 때문이다.

정말 남자를 좋아한다면 그에게 더욱더 관대해져야 한다. 그럴수록 당신도 더 매력적인 여자가 될 수 있다.

남자의 마음을 편하게 해주기 때문에 더 빛이 나는 건 물론이고, 자신이 그 남성에 대한 집착을 버릴 수 있기에 더 매력적인 여자가 될 수 있다.

매력있는 여우가 되기 위한 5가지 기본 법칙

남자에게 관대해져라

= (자신에게도 관대하라는 무언의 협상이다)

가끔씩은 무관심해지는 연습도 해라

= (더 잘해주지 않으면 다른 남자 만나겠다는 협박이다)

남자의 요구를 거절하는 것에 미안한 감정을 가지지 말아라

= (내가 네 맘대로 되는 사람이 아니라는 것을 확인시켜 주는 시간이다)

무조건 참기만 하는 것은 착한 여자가 아니라 미련한 여자다

= (착한 여자 콤플렉스에서 벗어나라)

남자를 이해할 수 있어야 한다

= (남자들이 사용하는 언어·문화를 이해해야 그들과의 게임에서

승리할 수 있다)

생활속에서 느끼는 남녀의 차이

　남자는 여자들이 화장품 고르는 데에 들이는 시간과 정성을 이해하지 못하고, 여자는 남자들이 신문 하나를 살 때 들이는 시간과 정성을 이해하지 못한다.

　남자는 여자들이 머리 말리고 화장하는 시간이 긴 이유를 이해하지 못하고, 여자는 남자들이 옷 색깔에 맞지 않는 신발을 신는 것을 이해하지 못한다.

　남자는 여자들이 쇼핑가서 몇 시간씩 똑같은 곳을 돌아다니는 것을 이해하지 못하고, 여자는 남자들이 한 곳만 들어가서 바로 물건을 사서 나오는 것을 이

해하지 못한다.

남자는 여자들이 목욕탕에 가서 2시간 넘게 있는 걸 이해하지 못하고, 여자는 남자들이 30분 만에 나오는 목욕탕을 왜 가는지 이해하지 못한다.

남자는 계절마다 바뀌는 여자의 마음을 이해하지 못하고, 여자는 비가 오건, 눈이 오건 똑같은 남자의 마음을 과연 사람인가? 의심스러워한다.

남자는 사소한 것에 신경 쓰는 여자를 이해하지 못하고, 여자는 이런 사소한 것에도 신경 못 쓰는 남자는 인생을 대충 살고 있다고 생각한다.

남자는 낮에 그렇게 만나고도 밤늦게 1시간씩 전화하는 여자를 이해하지 못하고, 여자는 특별히 할 일도 없으면서 전화 안 하는 남자를 이해하지 못한다.

남자는 친구들과 팔짱 끼고 다니는 여자의 행동을 이해하지 못하고, 여자는 술 먹을 때만 친해 보이는 남자들의 행동을 이해하지 못한다.

남자는 화장실을 가도 꼭 친구를 데리고 가서 10분씩 있는 여자를 이해하지 못하고, 여자는 화장실을 30초 만에 다녀오는 남자를 이해하기 어렵다.

여자는 매니큐어를 바르고 그 매니큐어가 마를 때까지 끈기 있게 기다릴 수 있고, 남자는 강력 본드로 무언가를 붙여놓으면 빨리 마르게 하려고 바로 드라이로 말린다.

이런 이해 못 할 행동들을 하는 남자들이
때로는 걸리적거리고
때로는 마음을 아프게 하지만,
여자는 남자가 필요하고,
남자는 여자가 필요하다.

정말 좋아하는 사람이 생긴다면 조금만 더 그 사람에 대해 공부하고, 전략을 세우자.
내가 자존심을 버려가면서 그 사람에게 맞춰 가는 것이라고 생각하지 말아라.
상대를 철저히 분석해서 그 사람을 완벽하게 내 사람으로 만들기 위함이다.

Love is management! 사랑은 관리다!

보험의 필요성

시대가 아무리 변하고 사고방식이 개방적이 되어 가고 있다고는 하나, 많은 내 여자가 다른 남자를 만나는 것을 참을 수 있는 남자는 많지 않다.

그럼 내 여자가 나만 바라보고, 나만 사랑해 준다면 그것이 무조건 좋은 것일까? 꼭 그렇지만은 않은 것 같다.

여자들 중에는 남자친구가 생기면 친구들과의 연락을 끊고 남자의 친구들과 더 잘 어울리려고 노력하는 사람들이 있다. 그리고 나중에 그 남자와 헤어진 후에야 다시 친구들의 소중함을 깨닫고 돌아오게 된다.

이것이 매우 잘못된 것이라는 것을 스스로도 잘 알고 있지만, 다시 새로운 남자가 생기면 다 잊어버리게 되나 보다.

여자가 사랑에 빠져 있을 때 그 여자는 아름답다. 그러나 한 사람에게 집착할 때 그 여자의 매력은 서서히 줄어들다가, 끝내는 사라져 버리게 된다. 사람은 자신이 믿는 구석이 있을 때 자신감이 생긴다. 지갑에 돈이 있어야 어디를 가도 어깨가 펴지는 것은 당연하고, 좋은 직장이나 그에 맞는 능력이 있어야 친구들이나 친척들 사이에서도 당당해질 수 있다.

이는 연애에서도 똑같이 적용된다. 여자도 자신이 믿는 것을 하나쯤 만들어 두어야 스스로 자신감이 생기는 것이다.

어떤 여자는 남자에게 착한 모습만을 보여주려고 노력한다. 하지만 그 사람과 좀더 나은 관계를 오랜 동안 유지하고 싶다면, 너무 착한 모습만 보여주려는 노력은 하지 않는 것이 좋다.

그 원천이 어디에 있든 사람은 당당할 때가 가장 매력이 있다. 그 당당함의 알 수 없는 힘이 그 사람을 더욱더 괜찮은 사람으로 보이게 하기 때문이다.

사랑은 밀고 당기는 게임이다. 이 게임을 잘 하는 사람만이 재미있고 아름다운 사랑을 할 수 있다.

그럼 이 게임을 잘 하는 방법 중 하나가 바로 당당해지는 것이라고 할 때 어떻게 남자친구 앞에서 당당해질 수 있을까? 바로 이성친구를 가지라는 것이다.

바람을 피우라는 것이 아니고, 이런 방법을 통해서 스스로에 대해 자신감을 가지라는 것이다. 많은 여자들이 연애를 시작할 때의 마음만 생각해서 내가 지금 너무나 사랑하는 사람이 원한다는 이유로 그나마 알고 지내는 몇 안 되는 남자들마저도 정리를 하곤 한다.

그런데 이런 행동을 하기 전에는 항상 나중에 헤어진 다음을 미리 생각해 보는 것도 나쁘지는 않다. 당장 사랑할 때는 그 사람과 결혼이라도 할 것 같지만, 그런 것들이 생각처럼 쉬운 것이 아니다.

물론 내가 이성친구를 갖고 있을 때 남자친구가 부정적인 반응을 보이거나, 때로는 화도 낼 수 있다. 그러나 이것을 즐길 줄 알아야 한다. 그것이 바로 질투라는 것이기 때문이다. 물론 보험도 너무 많이 들면 바람끼가 될 수 있으니 정도를 유지해야 하는 건 연애의 기본이다.

실제 이야기로 나는 남자친구가 가끔씩 속상하게 한다는 후배를 만나면, 데이트하는 날에는 나에게 미리 연락을 하라고 한다.

그 다음에 데이트 시간에 맞추어 휴대전화로 내 사진을 보내주거나 문자 메시지를 보내준다. 그리고 다음에 그 후배를 만나면 반응은 역시 여자에게 긍정적인 경우가 많다.

남자는 자기 여자친구가 나에게뿐만 아니라 남들에게도 이쁘게 보였으면 하는 바람이 있다. 그렇기에 다른 남자가 자기 여자친구에게 관심을 가지게 되면 플러스 점수를 주게 된다.

이성친구를 갖는 것은 내적으로는 스스로를 한층 더 빛이 나게 해 주고, 자신감을 줄 것이며, 외적으로는 남자친구가 당신의 주위를 더욱더 견제하고, 당신에게 더 많은 관심을 가지게 해 줄 것이다.

너무나 사랑하는 친척 누나 이야기

내 친척 누나는 멋진 커리어 우먼으로 연봉도 꽤 많이 받는다.

그런 누나가 둘째 조카를 가지고 3개월 동안 휴직을 했던 때가 있었다.

그때 누나가 느낀 게 있었단다.

직장을 다닐 때는 몰랐는데 집에만 있으니까 매형이 그렇게 궁금하더란다.

퇴근시간이 지났는데 안 오면 괜히 전화하게 되고

집에 안 들어오면 이상한 생각만 하게 되고……

중요한 것은, 이런 것들이 누나가 일을 다닐 때는 한 번도 생각해 본 적이 없었단 것이다.

누나는 그 3개월 동안 집 안에서 하루 종일 멍하니 남편만 기다리고

있는 자기 모습이 우습기도 하고, 재미있기도 하면서 스스로가 아줌마
가 되어가는 그런 기분이 들었다고 했다.

　한 남자만을 늘 바라보는 여자가 과연 매력이 있을지, 없을지는 숙제
로 생각해 보도록 하자.

늑대에게 은근히 접근하는 법

"세상의 반은 남자다."

이런 말을 들으면 어떤 여자들은 이런 말을 한다. 남자는 많다. 그러나 내 남자는 없다.

뭐 맞는 말이다. 남자들도 비슷한 말을 하니까 말이다. 그러나 스스로가 괜찮은 사람이라고 생각하고 싱글이기를 거부함에도 불구하고 자기 남자 여자가 없는 사람들은 분명 어딘가 부족한 면이 있는 사람이다.

나는 이런 여자분들에게는 이런 질문을 꼭 한다.

"진정으로 내 남자를 만나기 위해 노력해 본 적이 있는가?"

아마 대부분의 여성들이 관심 있는 사람이 생겨도 남자에게 접근도 못 해보고, 그저 선택되어지기를 기다리다 포기했을 것이다.

이런 남자들에게 좀더 쉽게 접근하는 방법은 없을까?

이 방법을 알기 위해서는 먼저 남자와 여자의 접근방법 차이를 알아야 한다. 남자가 여자에게 접근할 때는 주로 이성적으로 접근하는 데 반해, 여자는 남자가 감성적으로 접근해 주기를 바란다.

예를 들어서 남자는 마음에 드는 여자를 발견했을 때 가장 먼저 자신을 돌아본다. 내가 가진 능력과 내가 과연 저 여자를 행복하게 해 줄 수 있을지를 생각하게 된다는 것이다.

그러나 여자가 남자를 만날 때 첫 번째로 생각하는 것은 그 남자가 진정으로 나를 사랑하고 있는지이다. 즉, 서로가 생각하는 것이 다르기 때문에, 여자 입장에서는 마음에 드는 남자를 너무나도 좋아한다고 해서 그 이유만으로 그 사람이 자신을 받아줄 것이라고 생각하면 안 된다는 것이다.

접근법 1

남자에게 도움을 요청한다. 단, 남자가 충분히 할 수 있는 일이어야 한다.

대부분의 남자는 여자가 도움을 청하면 자신이 해낼 수 있는 선에서는 도와주려는 마음이 있다. 헬스장에서 만났다면 기구사용법을 물어보고, 수업시간에 만났다면 노트 필기 등을 빌려달라고 하고, 하다못해 길거리에서 만났다면 지갑을 잃어버렸다고 휴대전화 좀 빌려달라고 해라.

도움을 받은 후에는 고마움의 표시로 자연스럽게 차라도 대접할 수 있고, 꼭 그렇지 않더라도 다음부터 만날 때에는 편하게 인사를 하는 등 좀더 친밀한 관계를 만들 수 있다.

접근법 2

여자들은 남자들이 조금만 자신에게 신경을 써주면, 혹시 그 사람이 날 좋아하는 건 아닐까 하는 상상을 한다.

이 같은 증상은 남자도 마찬가지다. 남자가 조금 감이 빠르지가 않아서 그렇지, 남자도 여자가 관심을 가져주면 확대해석의 오류를 범하게 된다. 자신에게 우호적인 사람에게 관심이 생기는 건 심리학의 기본법칙, 관심이 있는 남자에게 언제나 긍정적인 피드백을 주고 이해해 주는 것만으로도 당신은 그 사람에게 중요한 한 사람이 될 수 있다.

단, 그 사람이 당신의 마음을 알거나 확인해서는 안 된다. 이 단계에서는 그 남자의 마음속에 포지셔닝되는 게 목적이지 그 사람에게 마음을 알리는 것이 목적이 아니다.

접근법 3

남자가 여자에게 접근하는 것에는 크게 두 가지 이유가 있다. 첫 번째는 여자가 쉬워 보여서, 두 번째는 여자가 좋아보여서이다.

여자가 쉬워 보이면 확실히 남자들의 접근빈도가 높아진다. 그러나 접근빈도가 높다고 꼭 좋은 것만은 아니다. 그것은 이런 상황에서 남자들의 접근은 단지 목적 위주의 접근이기 때문이다.

이런 접근을 피하기 위해서 여자는 어떤 모습으로 남자에게 비춰져야 하는가? 어떤 여자가 남자들이 좋아하는 여자인가?

나 역시 아직까지 단 한 번도 만나본 적 없고, 몇 명이나 존재하는지도 모르지만, 이상형이 있기는 있다. 청순하면서 섹시하고, 어눌하게 보이면서도 똑똑하고, 거기에 볼륨 있는 몸매와 좋은 배경, 그리고 수수함까지 가지고 있는 그런 여자.

그러나 누구나 다 어느 정도의 이상형은 가지고 있으나, 이런 이상형에 딱 맞는 사람과만 사랑을 하는 것은 아니다. 우리가 현실에서 서로를 선택하는 가장 중요한 기준은 바로 '만나면 행복해지는 사람' 이어야 한다.

남자들은 비록 자신의 이상형은 아니지만, 만나는 순간 즐겁고 행복하다면 기꺼이 이상형을 포기하고 당신을 선택한다. 그 남자와 함께 있는 순간에는 자주 웃어라. 그리고 스스로가 얼마나 긍정적으로 사는지 보여주어라. 언제나 불평만 하거나 너무 소극적인 여자는 절대 매력이 없다.

접근법 4

굳이 접근하지 않아도 되는 경우가 있다. 만남이 미리 정해져 있는 경우가 바로 그런 예이다.

같은 회사, 수업, 동아리 등의 정기적으로 접촉할 수 있는 기회가 있다면 특별한 접근 없이 스스로를 꾸며주는 것만으로도 접근을 대신할 수 있다.

남자는 쉬운 여자를 좋아한다. 그러나 쉬워 보이지 않는 여자에게 매력을 느낀다. 외모가 조금 모자라도 상관이 없다. 자주 보는 사람일수록 서로 외모에 대해서는 적응이 빠르다. 이런 경우는 스스로에게 투자하는 것이 최고의 접근방법이다.

접근법 5

마지막 방법은 최대한 자연스런 스킨십을 하는 것이다. 연애를 하는 데 빼놓을 수 없는 것이 바로 스킨십이다. 이 스킨십이 자연스런 관계형성을 하는 데 최고의 방법이 되는 이유는 바로 사적거리를 빠르게 줄여주기 때문이다.

사적거리는 크게 4가지 구역으로 나뉘게 된다.

강의실에서나 극장 같은 공적인 구역에서는 360cm, 다양한 교제를 위한 파티나 워크샵 같은 사회적인 구역에서는 120~360cm, 대화가 가능하고 상대방의 섬세한 부분까지 잘 볼 수 있으며, 사회적 접촉 및 원한다면 신체적 접촉도 가능한 개인구역은 45~120cm, 친밀한 공간으로 매우 가까운 친구나 가족 또는 사랑하는 사람들이 특별히 가까운 관계에서만 접근이 허용되는 45cm 이내의 친밀한 구역이 바로 그것이다.

자연스런 스킨십은 이런 사람간의 접근거리를 매우 빠르게 줄여준다. 그리고 남자는 여자와의 스킨십에서 설레임 · 즐거움 · 행복감 등을 느끼게 된다. (여기서의 스킨십은 키스나 포옹 등이 아니고, 길 가다가 어깨 부딪치기, 어디 갔을 때 옆에 붙어 앉기, 물건 등을 주고받을 때 살짝 만지기 등을 말한다.)

접근시 마음가짐

사랑은 게임이다. 욕심을 부리고 더 잘해야겠다는 생각 때문에 잘 될 수도 있다. 그러나 운동선수들이 최고의 기록을 내고 하는 항상 하는 말이 있다.

"연습경기처럼 생각하고 편하게 최선을 다했습니다."

사람이 목적을 가지고 행동을 하면 행동이 부자연스러울 수가 있다.

이것을 주의해라. 그리고 힘들더라도 접근이 성공했다 싶을 때(남자가 호감을 표시해 올 때), 한 번쯤은 냉정하게 튕겨보는 것도 전략상 나쁘지는 않다. 입질이 온다고 한 번에 당겨버리면 물고기가 도망갈 수도 있다.

적당히 물었을 때까지 기다렸다가 당겨야만 도망갈 확률도 적어진다. 그렇다고 너무 늦게 당기면 미끼만 먹고 도망가기도 하니 주의가 필요하다.

사랑할 때
생각해야 할 5가지 (사랑학 5계명)

때로는 우유의 유통기간보다 짧은 것이 사랑의 유통기간임에도 우리는 그 사실을 항상 망각하는 것 같다.

사랑의 유통기간은 스스로가 만드는 것이다. 잘 보관하면 언제까지든 사용할 수 있지만, 잘못 다루게 되면 그 유통기간은 정말 우유보다 짧아질 수 있다. 그 사랑이 변하지 않게 방부제가 되어줄 5가지 이야기이다.

1. 서로가 다르다는 것은 너무나도 당연한 사실이다

이 세상 그 어디에도 나와 꼭 맞는 사람은 없다. 그럼에도 상담을 하다 보면 가끔씩 처음에는 너무 잘 맞았는데 나중에 보니까 너무 다르다며 고민하는 사람들이 있다.

그런데 헤어지는 이유가 정말 서로가 잘 맞지 않아서일까?

내 생각에는 이별을 하는 변명은 너무 많지만, 정확한 이별의 답은 한 가지뿐이다. 바로 사소한 것조차도 이해해 주지 못할 만큼 사랑이 식었기 때문이다.

이 세상 그 어디에도 나와 꼭 맞는 사람은 없다. 어쩌면 내가 만나는 사람이 나와 비슷한 성격, 취미를 가진 사람이어야 한다고 믿고 있는 그 자체가 오히려 이상한 것이 아닌가 싶다.

사실 성격 · 취미가 달라도 내가 정말 좋아하는 사람이라면 스스로가 먼저 그 사람에게 맞추어 가려고 노력할 테니까 말이다. 실제로 절대 다수의 사람들이 나와 다른 사람과 스스로를 맞추려 노력하며 행복한 사랑을 하고 있다.

2. 사랑은 충전하지 못하는 배터리와 같다

TV드라마 탓인지, 영화 탓인지, 젊은 사람들일수록 사랑을 무한에너지를 지닌 태양 에너지처럼 생각하고는 한다.

그러나 사실 사랑이라는 것은 배터리와 같다. 그것도 충전지도 아니고 알카라인 건전지도 아닌, 충전조차 할 수 없는 일반 건전지이다.

커플이 만나서 가장 행복한 몇 달이 지나고, 그동안 눈에 씌여 있던 무언가를 걷어내고 나면 서로의 단점이 보이기 시작한다. 그리고 항상 행복하기만 하다가 갑자기 행복한 감정을 못 느끼게 되면 마음이 흔들리거나, 심지어는 달라지기도 한다.

이것은 그 사람이 사랑에 대해 어떤 환상을 가지고 있었기 때문이다. 사랑이라는 그래프에는 높고 낮음이 없다. 한 사람을 진정으로 사랑한다는 마음이 정점을 찍고 난 후 그 마음이 변하지만 않아도 그 사랑은 가치있는 사랑이다.

그러나 일반적으로 사랑은 정점을 찍고 난 후에는 서서히 그 사랑이 식어가기 시작한다. 물론 모든 것이 사람에 따라 상황에 따라 다르듯이, 사랑이라는 것도 서로가 어떻게 사용하는지 그 사용방법에 따라 '유통기간'이 달라진다.

마치 건전지로 음악을 들으면 하루 이틀 정도 사용할 수 있지만, 시계에 넣고 쓰면 6개월 1년을 사용할 수 있듯이 말이다.

사랑에는 유통기간이 존재한다. 그러나 이 말도 다 맞는 말은 아니다. 우리는 단순히 사랑을 먹고 살아갈 것 같지만, 사실 이 사랑이라는 것은 단순히 유통기간이 적힌 포장지에 불과하다.

우리가 사랑하는 사람과 평생을 먹고 사는 것은 유통기간이 존재하는 맛있는 사랑이 아니고, 사랑이라는 포장지를 뜯어야만 느낄 수 있는 방부제가 듬뿍 발라져 있는 정이다.

3. 한 사람을 절대화 · 가치화시키지 말아라

사람들이 흔히 하는 실수가 내가 만나는 그 사람에게 절대적인 가치를 부여하는 것이다.

사람이 어떤 대상에 절대가치를 부여하게 되면 그것에 집착하게 되고 구속당하게 된다. 그리고 그 절대적인 가치를 부여했던 한 사람이 떠나가게 되면 절망감에 휩싸이게 되는 것이다.

누군가를 필요 이상으로 가치화시키는 것은 사랑이 아니고 집착이며, 이런 집착은 결국 나에게도 상대방에게도 좋지 않은 상황을 만들게 된다.

4. 서로 편하다고 예의를 저버리지 말아라

서로 함께 하는 시간이 길어지면 길어질수록 편하다는 핑계로 예의라는 것을 쉽게 생각하게 된다. 그러나 연인 사이에도 지켜야 할 것들이 있다.

또한 상대방이 원한다고 무조건 들어주는 일도 해서는 안 된다. 연인 사이에 예의는 상호적인 것이다. 내가 지키는 만큼 상대방도 나를 존중해 주는 것, 그것이 연인 사이의 예의다.

처음에 내가 더 좋아해서 만났더라도 상대방이 나에게만 양보를 원하고 기분을 맞추어 주기를 바란다면 거기서 관계를 재정립시켜야 한다.

5. 불필요한 말은 서로 아끼고, 논쟁은 피하라

남녀가 가장 많이 싸우는 때가 언제일까?

아마 한밤중에 전화통화를 하다가 말다툼을 했던 기억이 커플들이라면 한 번쯤은 있을 것이다. 처음에는 순조롭게 통화를 하다가도 몇 십 분이 지나 할 말을 다 하고 나면 불필요한 말들이 오고가게 된다.

문제는 얼굴도 보지 못하는 상황에서 불필요한 말들이 오고가다 보면 서로의 마음에 들지 않는 말들과 이로 인한 의견차이가 생기기 마련이다.

의견차이는 서로의 감정을 상하게 하고, 이해라는 목적 아래 논쟁을 만들게 된다. 여기서 중요한 것은 논쟁대상이라는 것이 유치하고 불필요한 것들인 경우가 많고, 또한 가까운 사이일수록 논쟁을 하다 보면 논리적이기보다는 말꼬리를 잡는 정도의 대화가 오고가게 된다는 것이다.

서로 가까운 연인일수록 불필요한 말은 아끼고, 논쟁은 피하는 것이 무조건 좋다.

이별하는 커플들의 특징
― (이별 공식)

오래 못 가는 커플들은 왜 그럴까?

만약 그들이 왜 오래 못 가는지를 알 수 있다면 그 방법을 이용해서 좋은 관계를 오래오래 유지할 수 있지 않을까?

사랑하는 사람과 긴 시간을 행복하게 만나고 싶다면 주의해야 할 것들이 있다. 이것들은 내 생각뿐이 아니고, 먼저 이별을 경험하신 이별 선배들의 충고이기도 하니 잘 새겨듣기 바란다.

반대로 교제를 시작하고 나서 '아차 내가 실수했구나'라는 느낌이 강하게 들 때, 이런 행동들을 하면 자신이 원하는 바(이별)를 쉽게 이룰 수 있다.

연애 초기 헤어지자는 말을 자주 할 때

말이 씨가 되는 경우다. 아무리 싸움을 하더라도 정말 헤어질 자신이 없다면 이 말만큼은 함부로 해서는 안 된다.

한 번 헤어지자고 말해 버리면 그 다음 싸울 때부터는 헤어지자는 말 정도는 아무런 위협이 되지 않는다. 그리고 나중에 진짜로 헤어지더라도 이별이란 말에 대해 면역성이 생겨서 더 쉽게 헤어질 수 있게 된다.

사랑한다고 만 번을 말해도 한 번 헤어짐으로 남남이 되는 게 우리들이 말하는 사랑이다.

너무 빠른 스킨십

수업시간에도 진도가 있듯이, 커플 사이에도 진도가 존재한다. 너무 빨리 나간다고 좋은 것도 아니고, 너무 느리다고 바람직한 것도 아니다.

한 결혼정보회사의 커플매니저님이 재미있는 법칙을 소개했다.

〈337법칙〉이라는 것인데 이는 남녀가 만나서 손을 잡기까지는 적어도 3주, 키스까지는 그로부터 또 3주, 섹스까지는 그로부터 7주를 지켜야 한다는 것이다.

이는 최소한으로, 여기서 플러스 오차는 가능해도, 마이너스 오차는 절대 금물이라고 한다.

너무 빠른 스킨십은 관계를 급진전시킬 수도 있으나, 반대로 급후퇴시킬 수도 있다는 것을 기억해라.

미래에 대한 지나친 걱정, 계획

많은 여자들이 연애를 시작한 지 얼마 되지도 않았는데 마음은 벌써 결혼하고, 애는 몇이나 가지고 하는 지나친 걱정과 계획을 세우곤 한다.

그러나 이는 다 부질없는 것이다. 연애를 할 때 가장 해야 할 일은 미래에 대한 걱정을 하고 계획을 세우는 것이 아니라, 서로에게 집중하고 하루하루 행복하면 되는 것이다.

아직 오지도 않은 미래 때문에 서로 걱정하고 고민하기보다는 그 시간에 영화라도 한 편 더 보고, 좋은 장소로 여행이라도 가는 게 서로를 위해서도, 걱정하는 그 미래를 위해서도 좋다.

연애 초기라면 지나친 걱정보다는 그저 하루하루 서로에게 힘이 되어주는 것이 좋다. 지나치게 미래지향적인 것은 연애의 적이다.

상대방이 무엇을 하든 신경을 안 쓴다
상대방을 구속하는 것은 좋은 방법이 아니다.

그러나 이것이 무관심을 의미하는 것도 아니므로 이제는 어느 정도 관리해야 하는 시기가 온 것이다. 가벼운 관심은 '넌 내 꺼야'라는 무언의 표시가 될 수 있다.

남자에게 너무 의지하는 것

남자는 생각보다 약하다. 내 여자에게 잘 해주어야 한다는 것을 잘 알고 있다. 동시에 그런 능력을 가지는 것이 생각보다 쉬운 일이 아님을 잘 알고 있다.

여자가 남자에게 너무 의지하면 남자는 큰 부담을 느낄 수 있다. 아직까지 가정에서 남자가 더 많은 사회적 책임을 요구받는 우리 사회에서 여자의 의지는 때로 남자에게 부담이 된다.

사랑한다는 말을 지나치게 남발하는 것

표현하지 않는 사랑은 사랑이 아니라고? 사랑한다면 사랑이라는 말을 아껴두어야 한다고?

둘 다 맞는 말이다. 그러나 굳이 말로 표현하지 않는다고 사랑하지 않는 것도 아니고, 사랑한다는 말을 아낀다고 사랑을 표현하지 못하는 것도 아니다.

사람은 계속 적응하기 때문에 사랑한다는 말도 몇 번 듣고 나면 아무런 느낌이 오지 않는다. 빨리 뜨거워지고 식는 냄비 같은 사랑을 할 것인지, 조금 답답하지만 뚝배기 같은 사랑을 할 것인지는 당신 마음이다.

사랑에 대한 균형이 깨지는 것

사랑이 가장 이상적인 경우는 서로 동등한 위치에 있을 때이다. 어느 한쪽이 매달리거나 하는 상황이 되어 버리면 그 관계는 서서히 균형을 잃어버리게 된다.

커플이 되어서도 한쪽이 매달리면 그 관계는 힘들어질 확률이 높다. 사랑에 있어서 동등한 균형이란 그 무게를 남자가 40% 여자가 60% 가지고 있을 때이다. 이는 남자가 여자보다 10% 정도 더 사랑해 주어야 한다는 말이다.

우리나라 사회에서 남자가 10% 더 잘 해주는 건 당연한 일이지만, 여자가 남자를 더 많이 좋아하게 되면 관계에 문제가 될 수도 있다.

남자를 사랑하는 마음은 알겠지만, 더 좋은 관계를 위해, 자신을 위해서 그 10%는 마음으로만 간직하는 것이 좋다.

서로 거짓말을 하는 것

언제든지 거짓말은 필요할 때 한 번씩만 타는 비행기여야 한다. 이런 거짓말을 자가용으로 만들어 버리면 결국은 자가용 없이는 움직일 수 없는 상황이 오게 된다.

너무 집착할 때

집착이란 스토커처럼 계속 전화하고, 문자 보내고, 집 앞에서 기다리고, 사생활 감시하고 하는 것뿐만 아니라, 넓은 의미에서 보면 상대가 원한다면 모든 것을 다 해주려고 하는 것까지도 포함된다.

잘해준다는 것은 나에게 관심과 애정을 가지라는 뜻이다. 상대방이 이런 행동으로 인해서 부담을 느껴 문제가 생길 수도 있고, 너무 잘해주는 당신을 너무 믿고 다른 마음을 먹어서 문제가 생길 수도 있다. 잘해주는 것도 분위기 파악이 필요하다.

사랑은 자로 잰 듯이 할 수가 없다. 그러나 시험공부를 열심히 해야 좋은 성적을 받는 것이고, 면허를 받았어도 주행연습을 해야 사고를 예방할 수 있듯이, 미리미리 이런 것들을 알고 있는 것도 나쁠 이유는 없다고 생각한다.

마지막 10번째는 조언이다. 남자는 쉽게 얻은 것을 쉽게 생각한다. 진정 좋은 연애를 위해서는 자기 자신을 먼저 아끼는 그런 자세가 필요한 것이다.

매력 있는 여우의 스킨십 차단 방법들

솔직히 스킨십은 남자의 본능이다. 따라서 이를 막을 방법이 없다고 해도 과언은 아니다.

그러나 사전에 이를 어느 정도 예방할 수 있는 방법은 충분히 생각해 볼 만하다. 남자가 스킨십을 고려할 때 가장 중요하게 생각하는 것은 '장소 선택과 분위기'이다.

남자는 항상 거절에 대한 두려움을 가지고 있기에 마음에 드는 여자에게 고백을 하거나, 스킨십을 시도할 때 일반적으로 장소와 선물(분위기)를 이용한다. 이것을 알고 있다면 여자들은 이를 역으로 이용할 수 있다.

남자들에게는 접근하기 어려운 장소가 있는 반면, 쉬운 장소도 존재한다. 남자들이 쉽게 생각하는 장소들은 어떤 곳들이 있을까?

단 둘만의 여행(특히 바닷가)

남자들은 여자친구가 여행에 동의하는 순간 50%는 허락받았다고 생각해버린다.

단 둘만의 여행은 남자를 용감하게 만들어 주고, 여자를 분위기에 취하게 만들어 버릴 수 있으니 상대에 대한 확신이 들지 않는다면 조금 더 신중이 필요하다.

술

어떤 상황에서도 술은 남자의 용기를 두 배, 세 배 올려준다. 함께 있는 술자리에서 주는 술을 모두 받아 마시면 안 된다.

이는 사귀는 남자이든지 아닌 남자이든지 마찬가지다.

술은 착한 남자도 음흉하게 만드는 마법과도 같다. 그 마법을 느끼고 싶다면 마셔라.

참고로 일반적으로 남자는 여자에게 술을 권한다. 그러나 내 여자친구가 다른 사람과 술을 마시는 건 싫어한다.

DVD 방

말할 것도 없이 이상한 분위기가 형성되는 곳.

어떤 남자들은 제목은 보지 않고, 런닝타임만 보고 영화를 고르기도 한다. 함께 있는 시간이 길면 반드시 틈이 생기기 마련이란 것을 알기 때문이다.

자동차 안

자동차는 참 편리하면서 멋진 데이트를 위한 필수 준비물 1위이기도 하다. 일반적으로 자동차는 여자를 만나기 위한 늑대들의 주무기이기도 하다. 그리고 자동차라는 게 자판기 커피 2잔을 가지고도 좋은 데이트 공간을 줄 수 있어서 더욱 좋다.

그러나 동시에 은밀한 곳을 찾아다니기도 편해서 위험한 공간이 될 수도 있다. 진정 남자친구와 스킨십을 원하지 않는다면 자동차를 타고 둘이서 어두운 곳은 가지 않는 것이 좋다.

늦은 시간 공원(한적한 장소)

늦은 시간 공원은 커플들에게 이상하게 편한 분위기를 준다. 또한 야외라서 더 스릴이 있기도 하다. 물론 키스 이상의 스킨십은 불가능하겠지만, 이것도 싫다면 늦은 시간 공원도 위험할 수 있다.

단둘이 집 안에 있을 때

말할 것도 없이 위험하다. 상당수의 진한 스킨십이 서로의 집 안에서 이루어지는 경우가 많다. 여자는 아무런 생각 없이 남자의 집에 놀러가지만, 그곳에는 어떤 준비가 되어 있을지 모른다.

이 밖에도 어두운 카페, 늦은 시간 둘만 있을 수 있는 공간들(예를 들면 집에 바래다주다 아파트 계단에 앉아 이야기할 때, 현관 앞에서 괜히 분위기 잡을 때) 등이 있다.

즉, 남자와 어둡거나 늦은 시간 단둘이 있다면 당신은 스킨십에 노출되어 있다고 생각하면 된다.

단둘이 어디에 있는가에도 중요하지만, 어떤 자세로 있는가도 남자의 스킨십을 차단할 수 있는 방법이 될 수 있다.

둘이 어디에 있든지 옆의 공간이 있는 벤치·의자 같은 소품은 남자의 접근을 쉽게 해준다. 또한 방에 단둘이 있다면 침대 같은 것에는 앉지 않는 것이 좋다.

침대에 둘이 앉아 있는 것만으로도 이상하면서도 묘한 분위기를 연출하고 남자를 용감하게 만들어 줄 수 있다.(즉, 남자는 괜히 여자를 뒤로 눕히고 싶은 충동을 느낄 수 있다.) 물론 소파도 안전하지 않다.

그렇다고 서 있는 것은 안전할까? 둘이 어딘가에 앉아 있는 것이 어색해서 계속 서 있는 여자들이 있다. 그러나 서 있는 것은 남자에게 지속적인 접근 구실을 만들어 주며, 동시에 어떤 각도에서도 편하게 다가올 수 있는 자세라는 것을 알아야 한다.

실제로 남자들도 드라마에서처럼 뒤에서 여자를 안아보는 것을 좋아한다.

가장 좋은 방법은, 남자와의 거리를 유지하며 어딘가에 걸터앉는 것이다. 옆에는 남자가 앉을 만한 공간이 없는 것이 좋다. 물론 이 방법도 장기적으로는 안전하지 않겠지만, 짧은 시간이나마 시간을 벌 수 있다.

다음 방법은, 계속 움직이는 것이다. 앉거나 눕거나 벽 등에 기대는 행동도 위험성이 있다. 뒤에 벽 등이 있다면 특히 더 조심해야 한다. 앞서 이야기했듯이 남자들은 여자를 벽에 밀어놓고 키스하는 상상을 가끔씩 한다.

그리고 누군가가 주위에 있다면 최대한 장소를 오픈시키는 것이 좋다. 남자들은 주변 환경에 민감해서 다른 사람들이 볼 수 있다면 스킨십을 함부로 하지 못한다.

그럼, 모든 상황을 최대한 갖추고도
스킨십을 있는 방법들은 없을까?

첫 번째, 손에 무언가를 들고 있어라

무의식적으로 알고 있겠지만, 스킨십 전에 사람들은 손에 가지고 있던 물건들을 내려놓는다.

DVD방의 예를 들면 손에 물컵 등을 들고 있으면 남자입장에서도 쉽게 스킨십을 하지 못한다. 만약 이런 상황에서도 스킨십을 시도하려 하면 그 순간 들고 있던 물컵 등을 남자 옷에 살짝 쏟아서 분위기를 환기

시켜라.

이때 중요한 것은 물이다. 음료수는 상대가 기분이 나쁠 수도 있으니 주의할 것!

두 번째, 무언가를 입 안에 넣고 있어라

이는 갑작스런 키스를 막기 위한 방법이다. 사탕이나 초콜릿 등은 안 된다. 남자를 더 유혹할 수 있기 때문이다.

비스킷이나 스낵 같은 것을 계속 먹는다면 남자가 쉽게 상황을 만들지 못할 수가 있다. 남자는 스킨십 전에 먼저 상황을 한번 생각해 보고 움직인다. 여자에 대한 배려 차원에서라도 먹는 것을 방해하지는 않고, 다 먹기만 기다릴 것이다.

세 번째, 적당한 분위기에 무언가를 질문하거나 이야기하라

적당한 분위기에서 무언가를 질문하거나 이야기하는 방법은 남자가 원하는 타이밍을 빼앗을 수 있다.

네 번째, 결정적인 순간에 자리를 비워라. 그리고 바쁜 듯이 움직여라

이런 방법이 귀찮다면 잠시 자리를 비워라. 자리를 계속 비우기가 어렵다면, 무언가를 하는 듯이 움직여라. 남자는 계속 틈만 노릴 뿐 어떤 실질적인 움직임을 보이기 어려울 것이다.

　　다섯 번째, 이미 스킨십에 노출된 경험이 있는 상황이라면 위의 방법들만으로는 남자들을 통제하기 힘들다. 이때는 여성도 옷차림에서부터 신경을 써야 한다. 먼저 셔츠는 타이트한 라운드 티가 좋다. 그리고 위에 남방 하나 정도를 입으면 위나 아래로 커버가 된다. 바지는 긴 청바지가 좋으나, 치마나 반바지를 입을 때는 스타킹을 하나 정도 입으면 남자의 도발을 막기에 훨씬 유리하다. 또한 남자 입장에서도 여자의 맨살에 접촉하는 느낌과 스타킹을 사이에 두고 접촉하는 느낌은 순간의 충동을 절제하느냐 마느냐에 큰 역할을 하기도 한다.

　　단, 명심할 것은, 이런 모든 방법을 써도 남자의 스킨십을 지연시키거나 일시적으로 차단시킬 수만 있을 뿐, 이미 시작된 스킨십을 근본적으로 차단할 수는 없다는 것이다.

　　또한 평범하지 않은 남자(?)거나, 이미 상당한 스킨십 진전이 있는 사이라면 아무리 위의 작전을 써도 스킨십을 피하기가 쉽지 않을 수 있다.

　　이런 상황에서는 단호하게 '아니다'라고 말할 수 있어야 하며, 스킨십을 거절했다고 만남 자체를 고려하는 남자는 애인 대상에서 제외시키는 것이 현명하다.

　　마지막으로 여자가 남자의 스킨십을 막을 수 있는 가장 효과적인 방법은 처음에 쉽게 허락하지 않고, 쉬운 사람으로 보이지 않는 것이다. 이미 진행된 스킨십은 절대 뒤로 후퇴하지 않는다.

남자의 스킨십이란 사전에 후퇴는 없다.

여우가 늑대에게
먼저 대시하면 안 되는 3가지 이유

이런 내용의 칼럼을 모 신문사 사이트에 실었을 때, 몇몇 여자분들이
"여자가 남자에게 대쉬하지 말란 법도 없는데 왜 안 되나요? 이런 말
때문에 여자들이 더 소극적이 되는 것 아닌가요?"
라는 질문을 메일을 통해서 보내왔다. 이에 대한 내 생각을 이야기하기
전에 우리는 대시와 접근의 차이를 먼저 알아야 한다.

대시 : 관심 있는 남자를 내 남자로 만들기 위한 적극적인 행동.
접근 : 관심 있는 남자의 마음속에 첫 번째 여자로 자리잡기 위한 시도.

대시와 접근은 다르다. 내 생각에 만약 당신이 누군가를 좋아하게 된
다면 대시보다는 접근이 효과적인 방법이라는 것이다.
나는 여자에게 소극적인 행동을 요구하지 않는다. 오히려 사랑에 있
어서는 더욱더 치밀하고 전략이기를 요구한다. 적극적으로 마음에 드
는 남자를 찾아내고 그 사람에 대해 연구해라.

마음에 드는 남자를 발견했다고 무작정 대시하기보다는 전략적으로 접근하는 것이 스스로를 위해서도 좋고, 이런 관점에서 본다면 연애에 있어서 선택권은 여자에게 있는 것이다.

그럼, 만약 여자가 먼저 대시를 하면 어떤 일이 생기는가? 그 부작용이 무엇인지 알아보자.

첫 번째 부작용

남자는 쉽게 얻은 것을 쉽게 생각한다고 이미 이야기를 했다. 내가 열심히 일해서 번 돈으로는 친구들에게 술 한잔 사주기도 어렵지만, 길 가다 주운 돈으로는 아무 걱정 없이 편하게 쓸 수 있듯이, 사람들은 언제나 나를 이해해 줄 것 같은 사람, 항상 나를 사랑해 주고, 내 옆에 있어주는 사람에게는 그 존재의 소중함을 잘 느끼지 못한다.

마치 우리들이 평소에 가족의 소중함을 느끼지 못하는 것처럼 말이다. 이는 보장된 만남 속에서 나오는 '믿음' 때문에 그런 것이다.

여자가 먼저 대시를 하면 남자입장에서는 이미 여자가 자신을 얼마나 좋아하는지 알고 있기에 상대에 대한 소중함을 잘 느끼지 못할 수도 있다.

두 번째 부작용

사실 여자가 먼저 대시하기는 쉬운 일이 아니다. 거절에 대한 두려움, 쉬운 사람으로 보일지도 모른다는 두려움을 이겨낼 수 있을 때 비로

소 가능한 일이다.

현실에서 이런 여자는 그만큼 자신감도 강하고 능력도 많은 사람일지 모른다. 그러나 이런 상황에서 쉽게 나타날 수 있는 것이 집착이라는 것이다.

당연한 사실이지만 누군가를 너무 좋아하게 되면 누구나가 어느 정도의 집착 증상은 가지고 있다. 그러나 내가 상대보다 더 많이 사랑을 주면서 하는 집착은 자신의 매력을 상실시키기에 충분하다.

세 번째 부작용

남자는 여자가 먼저 대시를 하면 그 여자에 대한 두려움이 사라진다. 이 여자가 이미 나를 좋아한다는 확신이 있기 때문에 상대를 대하는 것에 대한 아무런 두려움이 없어진다는 것이다.

일반적인 상황이라면 키스를 한 번 하려 해도 여러 상황을 고려해야 하고, 거절에 대한 두려움을 느껴야 하지만, 여자가 나를 사랑한다는 확신이 들게 되면 그 확신은 여자가 내가 어떤

행동을 해도 이해해 줄 것이라는 확신으로까지 이어지게 된다.

남자가 만나는 여자에게 어떤 행동을 할 때 눈치를 보고, 두려움을 이겨내고, 더 좋은 상황으로 만들어 가기 위한 노력을 하게 되고, 이런 모든 것들이 사랑에는 당연히 필요한 필수 요소이고, 이런 것들을 통해서 가지게 되는 결과가 보다 더 값진 것이다.

여자가 먼저 대시를 하면 남자 입장에서는 이런 노력이 줄어들거나, 아예 필요 없게 되어버린다.

사람은 이미 가지고 있는 것에 대한 소중함을 가끔씩 잊어버리고 산다.

사랑에서도 마찬가지다.

이미 어느 한쪽이 다른 한쪽보다 몇 배로 상대방을 사랑한다면

그 사랑은 상대에게 방심을 줄 수도 있다.

그래서 사랑에는 밀고 당기기가 필요하다.

연애할 때 가져야 할
기본적인 마음가짐 3가지

1. 내 눈에 너무나도 멋있는 그 사람이
다른 여자 눈에는 별것 아닐 수 있다는 사실을 알아라

사람은 자기의 기준으로 많은 것을 판단해 버린다. 누군가를 좋아하게 되었을 때도 자신이 그 사람에게 느끼는 좋은 감정들, 좋게 보이는 것들이 다른 사람들에게도 똑같이 보일 것이라고 생각해 버린다.

물론 연예인들과 같이 누가 봐도 예쁘고 멋있는 사람들도 있겠지만, 우리들과 같이 평범한 사람들의 사랑의 대부분이 '제 눈에 안경'인 경우가 많다. 내가 너무나 좋아하는 그 사람이 지닌 매력들을 모든 사람들이 똑같이 느끼는 것이 아니다.

2. 사랑하는 사람의 마음을 얻으려면
먼저 그 사람으로부터 독립할 수 있어야 한다

아이러니하지만 남자는 잡으려고 노력하면 할수록 그만큼 멀어진다.

한 사람을 완전히 내 사람으로 만드는 방법은 내가 고백하는 것이 아니고, 그 사람이 나에게 고백하게 만드는 것이다.

사랑하는 사람의 마음을 얻기 위해 가장 중요한 것은 자기 자신의 소중함이다. 자기 스스로를 소중한 존재로 인정하지 않으면 그 사람도 당신을 소중한 존재로 인정하지 않는다는 사실을 먼저 알아야 한다.

먼저 그 사람으로 독립할 수 있는 준비가 되어 있어야 더 당당한 모습을 보일 수 있다. 이런 당당한 모습에 상대도 당신의 매력을 느끼기 시작할 것이다.

3. 아무리 좋아도 자신의 모든 것을
다 줄 수 있다는 멍청함을 버려라

우리들 사랑의 가장 큰 어리석음 중 하나가 순간적인 반응에 쉽게 이끌린다는 것이다. 지금은 너무나 사랑해서 그 사람과 결혼까지 갈 것 같지만, 그게 마음먹은 것처럼 되는 일이 아니다.

결혼까지 가기 위해서는 적어도 몇 번의 싸움과 이별을 해야 하고, 심지어는 죽도록 사랑해서 결혼을 해도 이혼을 할 수도 있다.

지금 만나는 사람이 마지막 사람 같고, 내 인생의 반려자 같지만, 이전에 만났던 사람과도 똑같은 사랑을 했었고, 앞으로 만날 사람과도 똑같은 사랑을 하게 될 것이다.

지금 사랑하기 때문에 자신의 모든 것을 다 줄 수 있다는 멍청함을 버려라. 다 주려고 한다는 것을 느끼는 순간 상대는 그것을 가지고 도망가 버린다.

늑대와 여우의 접근방법의 차이

남자들의 세계에서는 용감하고 적극적인 사람이 예쁜 여자를 많이 만날 가능성이 높다는 믿음이 있다. 그래서 남자들은 일단 마음에 드는 여자가 있으면 과감하게 대시하고 적극적으로 좋아하는 티를 내려고 한다.

실제로 미팅 등을 할 때도 최대한 분위기를 주도하는 남자, 적극적인 눈맞춤을 하는 남자, 확실히 관심을 표시할 줄 아는 남자, 이런저런 매력도 없다면 과감히 선전포고를 하고 확 데리고 나가버리는 남자가 성공 확률이 높다.

그럼, 여자는 어떨까? 여자도 무조건 적극적인 여자가 인기가 좋을까? 아마 많은 여자들이 아니다라고 생각을 할 것이다.

미팅 자리에서 어떤 여자가 나를 마음에 든다고 해서 나에게 함께 나가자고 하거나 적극적인 눈맞춤을 한다면 나조차도 고마운 마음도 들지만, 마음속으로 약간은 이상한 여자(?)라고 생각을 할 것이다.

남자들은 오랜 경험과 실패로 인해서 '10번 찍어 안 넘어가는 나무 없다'라는 진리 아닌 진리를 알게 되었다.

결론을 먼저 지으면 남자에게는 적극적인 것이 보다 더 효과적이고, 여자에게는 전략적인 것이 더 나은 방법이라는 것이다.

이런 차이가 사회가 남자와 여자에게 관념화시켜 놓은 스테레오 타입일지도 모른다. 그러나 그것이 사실일지라도 나쁘게 생각할 필요는 없는 것 같다.

나는 다만 이 글을 읽는 당신이 이런 것들을 알고 자신에게 이롭게 사용하기만을 바랄 뿐이다.

남자친구를 디자인할 때 고려해야 할 점 2가지

의자 디자이너 찰스 마운트는, 패스트푸트 식당의 의자가 충족해야 할 두 가지 조건을 말한 적이 있다.

첫 번째는 2층에서 던져도 부서지지 않을 만큼 단단해야 하며, 두 번째는 손님이 너무 오래 앉아 있지 않을 만큼 적당히 불편해야 한다는 것이다.

그럼, 당신이 의자가 아니고 남자친구를 디자인한다고 할 때 고려해야 하는 것은 무엇일까?

아마 이런 것이 아닐까 싶다.

첫 번째는 어떤 힘든 상황에서도 그냥 포기하거나 좌절하지 않을 정도로 긍정적이고 강한 사람이어야 할 것, 두 번째는 너무 많은 여자가 관심을 가지지 않도록, 그리고 남자 스스로가 여자에 대해 자만하지 않도록 적당히 단점이 있을 것.

너무 멋지고, 편안해서 모두가 앉기만 하면 편안함을 느끼게 해주는
그런 의자가 무조건 좋은 것이 아니듯이, 남자친구도 마찬가지이다.

좋은 늑대와 나쁜 늑대를 구별하는 5가지 방법

사람들이 누군가를 판단할 때 가장 정확한 방법은 오랜 시간을 만나 보는 것이다.

오랜 시간이라는 것이 길면 길수록 좋겠지만, 연애 한번 하려고 몇 년을 그냥 보낼 수만은 없기 때문에 사람들은 사람을 판단할 때 외모와 소문 등을 참고하곤 한다.

사람을 외모와 소문으로 판단한다? 소문이야 뭐 아니 땐 굴뚝에 연기 날까? 하는 마음으로 어느 정도 믿을 수 있지만, 착하게 생긴 사람은 착하고, 험하게 생긴 사람은 험할까?

그럼, 어떤 마음가짐으로 남자를 판단해야 하는지 그 5가지 방법을 소개한다.

직감과 느낌은 중요하지 않다

많은 여우들이 자신들의 직감과 느낌을 정확하다고 믿는다. 그러나 사람을 만나는 데 중요한 것은 직감과 느낌이 아니다.

물론 첫 만남에서 '필(Feel)'이라는 것이 중요하기는 하지만, 마음만 먹으면 나도 얼마든지 단 하루 정도는 정말 영화 속 주인공처럼 행동할 수 있다.

사람을 만나는 데 필요한 건 직감이 아니고, 시간이다. 몇 년을 만나라는 것이 아니다. 그저 단 한 번의 느낌만으로 만나고 말지를 결정하지 말고, 한 달 정도라도 이 남자가 진실한지 아닌지 정도는 생각해 보고 만나는 것이 좋다는 것이다.

내가 좋아하는 사람을 내 눈으로 바라보면 안 된다

이미 마음속에 긍정적으로 자리잡은 사람이라면 한 달이 아니라 일 년을 생각해도 답은 변하지 않는다. 심지어는 나에게 냉정하게 대해도 매력 있게 느껴진다.

주변 모든 사람들이 모두 바람둥이 같다고 하고, 들리는 말이 나쁘다는데도 자신에게는 너무 자상한 남자라며 아무 확인 없이 시작한 연애가 잘 되는 경우는 보기 어렵다.

이미 마음이 넘어갔다고 판단이 되면 자신이 판단하기보다는 믿을 만한 친구나 언니 등의 의견을 물어보는 것이 좋다.

한 가지만 보지 말아라

남자의 말투나 행동만 보지 말아라. 행동·말투뿐이 아니라, 그 사람

전체에서 결론을 이끌어내야 한다. 말로는 진정 자상하고, 능력 있고, 멋진 사람일 수도 있다.

　이럴 때는 지금 그 사람의 환경까지도 고려해야 한다. 현실에서는 판잣집에 살면서 꿈속에서만 궁전에 사는 그런 사람은 아닌지 알아봐야 한다.

스스로 가진 남자에 대한 편견을 버려라

　"그럼 남자가 다 그렇지?" 등의 사고방식은 연애에 아무런 도움이 되지 않는다.

　DVD방 한번 가자고 했다고 '역시 남자가 다 그렇지'라고 생각하고, 데이트에서 좋은 레스토랑, 좋은 바에 갔다고 해서 '돈 많은 놈이라 있는 척하는구나'라고 생각하지 말아라.

　그냥 당신이 좋아서 한 달 월급을 한 번에 쏟아부었을지도 모르니까 말이다. 모든 판단은 확실한 근거가 나온 뒤에 해도 늦지가 않는다.

판단이 들었다면 비슷한 상황을 만들어 보는 것도 좋다

　예를 들어 그 남자와 지하철을 타고 가다가 노숙자를 도왔거나, 주말에 고아원·양로원 등을 가서 봉사를 하는 것을 보고 만나도 괜찮을 사람이라고 판단했을 수도 있다.

　그러나 그날이 회사에서 인정을 받아서 기분이 좋아서 도왔거나, 회사에서 단체로 간 봉사활동이었을 수도 있다.

반대로 지나가는 누군가와 부딪쳐서 싸움이 생길 수도 있다. 이 역시 한 번으로 판단하지 말고 혹시 그날 매우 나쁜 일이 있었을 수도 있다.

판단이 들었다면 비슷한 상황을 만들어서 재확인을 해보는 것이 판단에 확신을 주는 행동이다. 늑대라고 다 나쁜 늑대는 아니지만, 이 정도는 만나면서 쉽게 생각해 볼 수 있는 것들이니 좀더 좋은 늑대를 만나고 싶을 때 참고하면 좋을 것이다.

새로운 사람을 만나는 것은
낯선 곳으로 여행을 떠나는 것과 같다

남자와 여자가 사랑을 하면서 서로를 이해하는 것은 중요한 문제이다. 왜냐하면 남녀간에 생기는 문제의 대부분이 서로에 대해 잘못된 이해를 하면서 발생하기 때문이다.

낯선 나라를 여행하려 할 때 우리는 기본적으로 그 나라의 문화나 기후·언어 등에 대해 조사를 한다. 그러나 조사라는 것이 그 나라 문화를 완벽하게 이해하는 것도 아니고, 현지인처럼 언어를 사용해야 하는 것도 아니다.

그럼에도 이런 조사를 하는 까닭은 날씨 정도와 인사말 정도만 알고 여행을 떠나도 그 여행이 한결 즐거워질 것을 알고 있기 때문이다.

새로운 사람을 만나는 것은 새로운 장소로 여행을 떠나는 것과 같다. 그래서 좀더 나은 관계를 위해서 서로를 조금씩 공부해야 한다.

이 공부는 아주 간단하지만 남녀의 만남에서 가장 본질적이고도 중요한 이해를 위해 반드시 필요한 공부다.

사랑은 종교가 아니다

우리보다 이전 세대의 사람들에게 남녀관계에서의 본질적인 요소는 무엇이었을까?

이전까지의 남녀관계에서는 '사랑'이 가장 본질적인 문제였다. 이 사랑만 있으면 서로에 대한 모든 것을 줄 수 있고, 심지어는 자신을 버릴 수도 있다고 믿었었다.

그래서 사람들은 사랑을 마치 종교처럼 따르며, 사랑은 순수한 것이고 절대적인 가치를 지닌 것이어서 그 사랑에 대해 이성적인 잣대를 들이대는 것을 용납하지 않았다.

그러나 시대가 변했다.

이제 더이상 사랑하기 때문에 무조건 희생하고 봉사해야 한다는 말은 절대적인 논리를 가지지 못한다.

이제는 사랑도 분석이 가능한 어떤 대상이 되어 가고 있는 것이 우리의 현실이다. 이미 이혼은 더 이상 부끄럽게 생각할 것이 아니며, 결혼은 점점 더 현실적인 수단이 되어 가고 있다.

실제로 한 방송사의 조사에서, 20대가 결혼에서 가장 중요하게 고려하는 요인이 바로 '경제'였다고 한다. 경제가 어려워지면 질수록, 취업이 어려워지면 질수록 단순히 사랑만으로는 세상을 살 수 없다고 생각하는 사람들이 늘어나고 있는 것 또한 사실이다.

이제는 예전처럼 집안일만 잘하고 애들만 잘 키우겠다는 여자들은 남자들에게 환영받지 못한다. 남자들은 집안일도 잘하면서 사회일도 잘 하는 슈퍼 우먼을 원하고 있다.

이렇게 급변하는 세상에서 더이상 '사랑'은 그 자체만으로 어떤 절대적인 힘을 가지는 '종교'가 아니다. 사랑 역시 우리가 노력해서 설계할 수 있고, 스스로 선택할 수 있는 그런 분야가 되어가고 있는 것이다.

사랑은 종교가 아니다.

그것을 절대적으로만 믿고 따르기에 우리는 너무 젊고 많은 선택권을 가지고 있다.

만약 그래도 사랑을 종교처럼 믿고 따르고 싶다면,

동시에 여러 종교를 가지는 방법도 있음을 잊지 말아라.

PART 5

상담사례 모음

남자친구의 스킨십 1

춘천에서 학교 다니는 22살의 학생인데요. 스킨십에 관한 질문이 있어요.

지난 주말에 이제 사귄 지 정말 딱 하루 지난 남자친구와 피크닉을 다녀왔어요. 함께 자전거를 타기도 하고, 번지점프를 하기도 하고…… 그렇게 함께 움직이다 보니까 남자친구가 걸음이 빨라서 그런지 빨리 오라며 손을 잡더군요.

처음에는 그냥 신경 쓰지 않았어요. 뭐 그럴 수도 있다고 생각했고요. 그런데 사진을 찍을 때 허리에 손이 오더라고요. 이제 남도 아니고 그래서 그냥 좋게 생각하려고 하는데, 이번에는 거기 있는 디스코 팡팡인가 하는 놀이기구를 타면서 이제는 자연스럽게 안더라고요.

원래는 만난 지 얼마 안 돼서 못하게 하려고 했는데, 분위기가 다른 커플들도 많고 해서 어떻게 그렇게 되었어요. 마지막 하이라이트는, 이 오빠가 집에 바래다 준다고 해서 은근히 예상은 했었는데, 아니나다를까 헤어지기 싫다고 집 앞 공원에서 10분만 있다가 가자고 하더니 갑자기 키스를 하려고 하지 뭐예요!

결국 이건 아니다 싶어서 피하기는 했지만, 만난 지 이틀 만에 키스를 하려고 하는 오빠를 보면서 믿음이 안 가기도 하고, 혹시 제가 너무 쉽게 보여서 그런 건 아닌지 스스로에게 부끄럽기도 하더라고요.

남자는 아무 여자에게나 그렇게 스킨십을 시도하나요?

그리고 제가 둘째날 손 잡고, 포옹도 허락하고 한 게 저를 쉽게 보이게 만든 것일까요?

솔직한 대답 기다릴게요!

A "남자는 아무 여자에게나 그렇게 스킨십을 하나요?"라는 질문은 사실 많이 받는 상담 중 하나입니다. 먼저 답을 말씀드리면, 단호하게 NO입니다.

만약 질문이 "남자는 아무 여자에게나 스킨십을 하는 상상을 하나요?"였다면, 아마도 YES였겠죠!

많은 남자들이 여자를 보면서 키스를 하거나 포옹을 하는 등의 상상을 하는 건 사실이지만, 그 상상을 실천하는 남자는 정말 소수에 불과합니다.

남자라는 게 생각보다 약한 동물이라 스킨십을 하기 전에 어느 정도는 '거절'에 대한 두려움을 느끼기 때문입니다.

그리고 "여자분의 행동에 문제가 있었는가?"라는 두 번째 질문에는 "그럴 가능성도 있다"는 답을 드리고 싶어요!

남자라는 게 거절에 대한 두려움이 있다고 했죠! 그렇기에 키스까지 한 번에 용기를 내는 사람이 많지가 않아요. 아마도 남자분이 천천히 님의 반응을 살펴봤던 거겠죠. 남자친구분이 만난 지 하루 만에 손잡고 포옹까지 시도해서 성공했으니까, 은근히 더한 스킨십을 기대했던 것은 확실합니다.

그러나 사실 남자분의 행동이 부도덕하거나 나쁜 행동은 아니었다는 것을 알아두셨으면 합니다. 만약 그 이상까지 시도를 했었다면 모르겠지만, 이미 여자친구라고 생각하는 여자에게 키스를 하려고 하는 건 정상적인 모든 남자라면 너무도 당연한 것이기 때문입니다.

그리고 무엇보다 님의 반응이 너무 적절했다고 생각됩니다. 아마 거기서 키스까지 했다면, 그 다음날은 더…… 그리고 다음날은 더…… 진도가 나갔겠죠!

상황이 그렇게까지 되었다면 님은 자신의 행동을 후회하기도 하고, 안타까워하기도 하면서 남자분을 더 좋아하게 되었을 것이고요.

마지막으로 각인시켜 드리면, 남자는 쉽게 얻은 것을 쉽게 생각합니다. 스킨십은 남녀 사이에 이루어지는 너무나도 자연스러운 현상이지만 지나치게 빠른 것은 좋지 않습니다.

무엇보다도 남자의 스킨십이란 사전에 '후퇴'란 단어는 절대 없다는 것! 이것을 잊지 않으셨으면 합니다.

남자친구의 스킨십 2

2 연애 초보인 대학교 2학년 여자입니다. 처음으로 연애를 해서 잘 모르겠는데, 오빠가 스킨십이 너무 빠른 거 같아요. 사귄 첫날 키스를 했고요, 한 달도 안 되었는데 벌써 가슴에 손이 오고 그러는데 이거 괜찮은 건가요?

문제는 옳고그름을 떠나서 제가 거부감이 느껴진다는 겁니다. 어차피 시간이 지나면 자연스럽게 된다고 생각하는데, 오빠는 그렇지가 않은 것 같거든요. 그래서 지금은 처음부터 냉정하게 거절하지 못한 스스로를 탓하고 있답니다. 조금 늦었지만, 이제부터라도 조금 진지해져야 할 것 같아서요.

그런데 문제는 어디서부터 어떻게 해야 할지 모른다는 거예요. 저 역시 좋아하는 사람이라 냉정히 거절하기도 힘들고, 그렇다고 다 받아주자니 아닌 것 같고, 요즘 이것 때문에 밥맛도 없어요.

아무리 좋아하는 남자라지만 지나치게 빠른 스킨십을
요구해 온다면 특별히 보수적이지 않은 여성일지라도 거
부감을 느끼기 마련입니다.

사실 스킨십이라는 것은 이미 님이 생각하시는 것처럼 시간이 지나
면 자연스럽게 되는 것입니다.

그러나 남자들의 생각은 조금 다른 것이 사실입니다. 자연스럽게 해
서 되지 않으면 매달려서 사정을 해서라도 자신이 원하는 것을 하고 싶
어하는 것, 이것이 남자들의 본능이죠.

정확히 스킨십이 어느 정도까지 진행되었는지는 잘
모르겠습니다. 그러나 님이 스킨십을 부담스럽게 생
각하는 상황에서 지나치게 빠른 스킨십은 님과 그
남자분의 사이에 안 좋은 영향을 미칠 수도 있는 것
이 사실입니다.

무엇보다 중요한 건 남자분의 스킨십에 대한 거부감
을 느끼면서도 거절을 하면 남자친구가 싫어할까 봐
계속 허락을 하고 계신다는 것입니다.

먼저 지금 생각하는 것, 느끼는 감정을 남자친
구분에게 말씀드려야 합니다. 남자친구분이 님을 장
난으로 만나거나 순간적으로 만나는 사람으로 생각하
지 않는다면, 100% 이해하지는 못하겠지만 어느 정
도 완급 조절을 해줄 것이라 생각됩니다.

만약 님이 지나친 스킨십에 대해 부정적인 반응
을 보였다는 것만으로 좋은 관계를 이어나가지 못

하는 남자라면, 너무나 사랑하는 남자친구이기 이전에 바람직한(?) 남자는 아니라고 생각합니다.

　마지막으로 내 스스로가 나를 아끼지 못하면 그 사람도 나를 아껴주지 않습니다. 사랑보다 더 소중한 것이 자신이라는 것을 생각하시고, 부디 사랑이라는 말에 속아 자신을 버리는 일은 없으셨음 합니다. 내가 나를 아껴줄 때 상대도 나를 존중해 주기 시작합니다.

남자친구와 단란주점

저와 제 남자친구는 이제 1년 정도 만났어요. 저는 26살, 남자친구는 29살입니다.

저희는 장거리 연애를 하는데요. 남자친구가 지방에서 회사를 다녀서 어쩔 수 없이 그렇게 되었어요.

원래는 사내 커플이었는데 남자친구가 다른 지방으로 발령을 받아서 그런 거고요.

너무 자상하고 속이 깊은 사람이라 한 번도 저를 속상하게 한 적이 없었고요. 물론 싸운 적도 없었어요.

저는 정말 이 사람이라면 믿고 결혼도 할 수 있을 거라고 늘 생각하고 있답니다.

그런데 요즘 속상한 일이 하나 생겼어요. 얼마 전에 전화를 하다가 남자친구가 아무렇지도 않게 단란주점 이야기를 하는 겁니다. 자기도 가기 싫었는데 회사 선배들하고 술 마시다가 선배들에게 끌려서 억지로 갔다는 거예요. 가서 참 신기한 거 많이 봤다고 하더라고요.

저도 처음에는 나이도 있고 자의로 간 것도 아니니까 그려려니 했는데, 그 이야기를 친구들에게 했더니 다른 사람들이 그런 곳에 가면 뭐가 어떻고 저떻고 하지 뭐예요.

그래서 우리 오빠는 그런 사람 아니라고 그만하라고 했지만, 집에 와서 생각해 보니 오빠가 나 말고 다른 여자에게 안겨서 놀았다는 사실이 그렇게 분할 수가 없더라고요.

지금은 오빠가 지저분해 보여서 만나기는 고사하고 목소리도 듣기가 싫어요. 제가 민감한 건가요? 아님 오빠가 잘못한 건가요?

A　1년을 만난 너무너무 착실하고 성실한 29살이나 된 남자친구가 바보처럼 실수로 그런 말을 했을까요? 아니겠죠?

양심의 가책을 느꼈거나, 그게 아니라면 정말 자신의 의지와 상관없이 갔기 때문에 여자친구에게 말해도 될 만한 이야기라고 생각을 했겠죠?

제가 남자라서 그러는 게 아니고, 남자가 그런 곳에 가서 도우미 분들을 만나면 아이러니컬하게도 자기 여자친구가 더 소중함을 느끼게 됩니다. (물론 그런 감정 느끼러 가도 된다는 건 절대 아니니 오해 없으시기를 바랍니다.)

물론 바람으로 생각될 수도 있습니다. 그러나 100% 바람을 피운 것은 아니니 참고하셔야 합니다. 그리고 잘 생각할 것이 하나 있어요.

처음 그 말을 남자친구에게 듣고 받은 느낌과, 다른 사람의 말로 인해서 받은 느낌을 혼돈하지 마시라는 겁니다.

왜 다른 사람들이 한 말로 인해 가장 사랑하고 결혼까지 바라보는 남자친구와의 관계에 문제가 생겨야 할까요? 그리고 여자분의 상상이 어느 정도인지는 몰라도, 몰래 갔다가 걸린 것도 아니고 선배들에게 끌려가서, 그것도 자신 신고했다면 헤어지려는 마음을 먹기보다는 이번 한 번은 너그럽게 용서해 주시고, 다음부터 그런 행동을 못 하게 하시는 게 좀더 현명한 방법이란 생각이 듭니다.

정말 헤어질 생각이 아니라면 지나간 일을 앞으로의 일에 더 유리하게 이용하는 것이 좋을 것 같습니다.

지나간 사랑에 대한 미련

어렵게 만나서 어렵게 사랑을 하고 어렵게 이별을 한 남자가 있었어요. 어색한 만남과 헤어짐을 반복하다 서로가 너무 사랑했음에도 현실적인 이유에서 제가 먼저 마음의 문을 모질게 닫았습니다.

기억에서 지우려고 노력하고 또 노력했어요.

내 생에 그렇게 힘들게 만나고도 결국은 헤어질 수밖에 없었던 그 사람을 두고 새로운 사랑을 시작했고, 얼마 전에는 그 사람도 결혼을 한다고 연락이 왔네요.

그 남자가 왜 연락을 했는지도 모르겠지만, 정말 궁금한 것은 그 청첩장을 받고 행복하게 살기를 바라지 못하는 제 마음이에요. 만약 그 사람에게 아직도 제가 마음이 남아 있다면, 지금 제 옆에 있는 이 사람에게 느끼는 제 감정은 거짓인가요?

이따금씩 떠오르는 작은 기억 하나에도 마음속 한구석이 아파오는 이 감정들이 지금 제 옆에 있는 이 사람에게 미안하게 느껴집니다. 어떻게 해야 이런 감정에서 조금이라도 자유로워질 수 있을까요?

A 지난 사랑이 아직도 가슴에 남아 있어서 지금 내 옆에 있는 사람에게 미안함을 느낀다!

이런 마음이 비단 님만의 특별한 이야기는 아닐지도 모른다는 생각이 듭니다.

첫사랑에 성공해서 결혼까지 가는 경우가 얼마나 될까요? 아마 2명, 3명, 심지어는 5명 이상의 연애 경험을 가지고 있는 사람들도 많이 있을 것입니다.

그렇게 많은 사람들이 예전 사람과의 기억 때문에 지금 옆에 있는 사람에게 미안함을 느끼지는 않습니다.

만약에 님의 상황에서 지금 만나고 있는 사람에게 미안한 마음이 드는 이유를 제가 생각해 보면, 첫 번째는 바로 지금 내가 만나고 있는 사람을 아직 그 사람과 했던 것만큼 사랑하고 있지는 않다는 것입니다.

바로 지금 사랑의 틈에 누군가가 끼워들 틈이 있다는 것이죠!

두 번째는 어떤 죄책감일 수도 있습니다.

만약 님이 남자분을 사랑했음에도 현실적인 이유 때문에 이별을 하셨다면 이런 감정을 느끼실 수도 있다고 생각합니다.

이런 복잡한 감정에서 벗어나고 싶다면, 가장 좋은 방법은 역시 예전 사람을 기억조차 하지 못할 만큼 좋은 사람을 만나는 것이겠죠?

두 번째 방법은 미안한 만큼 지금 내 옆에 있는 사람에게 더 충실하게 잘 해주는 것입니다. 함께 좋은 시간을 만들어 나가다 보면 예전의 사랑보다 더 강력한 정이라는 것이 생기기 때문입니다.

저 역시 예전에 만나던 많은 여자친구들과 안 해본 일이 없지만, 지금 만나고 있는 여자친구에게 미안한 감정을 느끼지는 않습니다. 왜냐하면 제 기억 속에 존재하는 옛날 여자친구보다 지금 제 옆에 있어주는 여자친구를 훨씬 더 많이 사랑하기 때문입니다!

사랑에도 노력이 필요합니다.

지금 님에게 필요한 건 예전의 아름다운 추억이 아니라

지금 옆에 있어주는 사람과 더 오래 행복할 수 있도록 노력하는 마음인 것 같습니다.

남자친구의 욱하는 성격

안녕하세요. 2년째 연애를 하고 있는 26살의 직장 여성이에요.

남친과 저는 둘다 성격이 직설적이고, 좀 그래서 그런지 타투는 경우가 많아요.

만난 지 1년쯤 지난 후부터는 편해지고 해서 그런지 싸움을 하면 감정표현이 더 자연스러워지고, 그러더니 몇 달 전부터는 말다툼이 생기거나 그러면 남자친구가 막 소리도 지르고, 혼자말이지만 욕도 하고 그래요!

그리고 정확히 한 달 전이에요.

만나서 이런저런 이야기를 하다가 논쟁이 생겼는데 남자친구가 때리지는 않았지만, 전화기를 던지면서 손을 올리는 거예요!

순간 이건 아니다 싶어서 바로 나와서 집으로 왔어요.

그리고 문자로 정말 헤어지자고 그랬죠.

그랬더니 남자친구가 잘못했다면서, 그러면서 집 앞까지 와서 안 그러겠다고 하더라고요!

이제 슬슬 결혼도 생각해야 할 나이이기도 하고, 그래서 그런지 평소에 헤어졌다 다시 만날 때와는 조금 다른 마음이 들어요. 제가 어떻게 해야 현명한 건가요?

A 어른들 말씀에 절대 결혼하지 말아야 할 남자가 있다고 합니다.

바로 술·도박, 그리고 폭력입니다.

여기에 한 가지 더 포함이 된다면 바람끼겠죠! 요것까지 하면 딱 4가지네요.

그래서 어른들 말씀에 '4(사)가' 중요하다고 하나 봅니다.

중요한 건 님이 지금 연애기간이라는 것을 기억하셨으면 합니다. 남자가 여자에게 가장 잘 보이고 싶고, 사랑을 표현하려는 시기가 바로 결혼 전 연애시기입니다.

이 기간 동안에 욕을 하거나 폭력적인 행동을 보이는 남자는 확실히 나쁜 남자가 될 확률이 높습니다.

사람이 누군가를 만나고 사랑한다는 거, 이게 아름답고 행복하다고 말할 수 있는 것이 함께 있으면 행복한 시간이 그렇지 않은 시간보다 더 많기 때문 아닌가요?

그런데 함께 있을 때 조금이라도 불안하거나 걱정이 된다면 그건 아름다운 사랑이라고는 말 못할 거 같아요.

연애와 사랑에는 노력과 양보가 필요합니다. 그러나 노력과 양보가 무조건 참아야 하는 희생을 요구하는 건 아니라고 생각해요. 특히 이제 슬슬 결혼을 생각할 나이라고 스스로 생각을 하고 계신다니, 남자분과 의 만남을 조금 더 신중하게 결정하셨으면 합니다.

알 수 없는 남자의 마음 1

안녕하세요. 21살의 대학생이에요. 같은 과 선배오빠를 좋아하는데요. 저 역시 서투르게 여자가 먼저 다가갔다가 잘못된 경우를 많이 보고 들어서 신중에 신중을 기하고 있는 중이에요.

그러던 중 지난 주에 MT가 있었어요. 오빠가 간다고 하길래 저 역시 따라갔고, 우연을 가장한 필연을 만들어서 같은 조가 되었죠.

함께 있을 시간이 많아서 그랬는지 둘이 이야기도 참 많이 했어요. 원래 친절하고 좋은 사람이지만, 그날 이후로 인사도 더 잘 받아주는 거 같고, 절 보고 잘 웃어주는 것도 같고…… 그렇다고 저만 그렇게 생각하는 게 아니고 제 친구들도 그 오빠가 저에게 하는 행동이 변했다는 말을 많이 해요!

질문은요. 지난 주에 MT 가서 둘이서 이야기할 때 오빠가 "다음에 술 한잔 하면서 진지하게 이야기하자. 언제든지 오빠 필요하면 연락해" 라고 했어요.

이 말을 듣고 괜히 마음만 싱숭생숭하고 그러네요.

남자는 아무 여자에게나 이런 말을 하나요? 혹시 이 오빠도 제게 관심이 있는건가요? 혹시 오빠가 저에게 관심이 있는지를 알 수 있는 방법은 뭐 없을까요? 솔직하게 좀 가르쳐 주세요!

A 모든 남자가 여자에게 그런 말을 쉽게 하지는 않지만, 일반적으로 학교 후배 정도라면 언제 다음에 술 한잔 하자 정도의 말은 할 수도 있습니다.

그리고 남자가 여자에게 정말 관심이 있어서 그런 말을 하는지, 아니면 그냥 멘트(뻐꾸기)를 날리는 것인지는 확인을 해 보면 알 수 있죠.

솔직히 지금 내용으로는 오빠분이 정말 관심이 있는 것인지 아닌지 제가 100% 판단을 할 수는 없을 거 같고. 오빠분의 마음을 확인하는 한 가지 방법을 알려드릴게요.

만약에 남자가 여자에게 "주말에 전화할게?" 혹은 "다음 주에 날 잡아서 밥이나 먹자?"라는 식의 말을 해놓고 정말 주말에 전화를 하든지 아님 밥을 먹자고 한다면 그건 약간이라도 관심이 있음을 의미합니다.

그러나 한 말을 아무런 변명 없이 지키지 않는다면 그건 그냥 한 말이라는 거겠죠?

남자들이 주변 사람들에게 마음에도 없는 말 "언제 소주 한잔 하자"를 하는 건 여자로 치면 "너 오늘 너무 예쁘다"는 말과 같습니다.

남자들의 세계에서는 그게 곧 인사말이죠. 그리고 남자는 관심 있는 여자에게는 언제 한번 보자? 는 식의 말은 사실 잘 하지 않습니다.

그보다는 "이번 주말에 뭐해?" "같이 영화 보러 갈래?" 또는 "이따 저녁에 맛있는 거 먹으러 가자?" 는 식의 확실한 시간 일정이 잡혀 있는 약속을 주로 합니다.

그렇다고 남자분의 마음이 님에게 완전히 없다는 것은 아니니까 상심하시는·말고, 아직 1주일밖에 지나지 않았으니 여유있게 생각하세요. 사랑이라는 것이 급하게 한다고 되는 것은 아니더라고요 ^^

알 수 없는 남자의 마음 2

얼마 전에 만난 동생이 있어요. 남자 나이는 24살이고, 저는 26살의 대학생입니다. 이 동생이 얼마나 말을 잘하고 재미가 있는지, 처음 만나자마자 나이도 잊고 그만 사귀기로 하고 스킨십도 하고 그랬지 뭡니까?

하는 행동도 그렇고, 말도 너무 잘해서 약간 의심은 했지만 그래도 믿었습니다. 그런데 알고보니 이놈이 저 말고 다른 여자가 있지 뭐예요. 그것도 동거를 하고 있더군요.

그래도 이미 좋아하는 마음이 생긴지라 그냥 끝낼 수도 없고, 저도 자존심을 지키는 차원에서, 저와 계속 만나고 싶으면 그 여자 정리하고 와라 그랬더니, 그 여자보다 제가 더 좋다고 말은 하면서 정리는 안 하고 그냥 만나고 싶다고만 합니다. 물론 사랑한다고 하지만, 믿을 수가 있어야죠.

이 남자 본심은 뭔지? 그리고 정말 그 여자 정리하고 저에게 오기는 올 건지? 그리고 제가 이런 상황에서 어떻게 해야 하는지? 혼란스럽기만 합니다.

나이도 어린 동생에게 이러는 게 창피해서 친구들에게 말도 못하고 요즘 이놈 때문에 사는 것도 너무 힘들고 그래요. 제 생각 좀 정리해 주세요!

A 　　남자분이 다시 돌아올 것 같냐고요?
　　불행하게도, 제 생각에는 그 남자분이 다시 돌아올 것 같습니다.

그리고 또 불행하게도, 님에게 재미있는 말과 뻔한 멘트를 다시 날리겠죠!

냉정히 말씀드리면, 그런 남자분이 다시 돌아오는 건 님이 행복해지는 것이 아니라 바로 불행해지는 것입니다.

지금 그 남자분이 다른 여자와 얼마나 동거를 했는지는 모르나, 제가 확실하게 말할 수 있는 것은 그 남자분이 별로 좋은 남자는 아니라는 느낌이에요.

그 남자분이 님에게 원하는 건 한 가지입니다. 바로 스킨십 정도가 아닐까 생각이 드네요!

그리고 남자분이 현재 동거하는 여자가 있음에도 님에게 그런 식으로 접근했다면, 제가 장담하건대 님 말고도 또 다른 여자분에게 똑같은 행동을 했을 것입니다.

만약 이런 것을 알고 있으면서도 여자분이 그 남자분을 좋아한다면 저도 어쩔 수가 없고요.

그러나 모르셨거나. 설마~~ 하고 계셨다면, 다시 생각해 보시기를 적극 강추합니다.

그냥 재미로 만나거나 경험상 만나고 싶다면 모르겠지만, 그 남자분에게 진정한 사랑을 바라셨다면, 빨리 정신 차리고 냉정하게 상황을 판단하시는 게 좋을 것 같습니다.

다음번에는 말은 조금 잘 못하고, 재미는 조금 없을지라도 적어도 동시에 여러 사람은 만나지 않는 그런 남자를 만나셨으면 합니다.

남자친구의 바람

만난지 1년 정도 된 남자친구가 있어요. 처음에는 남자친구가 따라다녀서 시작했지만, 저도 모르는 사이에 남자친구 없이는 못 살 것 같은 사람이 되었네요.

그런데 문제가 조금 생겼어요! 사귀고 3달쯤인가, 저에게 바람을 피우다가 한 번 걸렸는데, 저 역시 너무 사랑하는 사람이라 한 번은 봐 주고 넘어간 적이 있어요.

그리고 또 얼마 되지 않아 비슷한 상황이 연출되었지요! 이번에는 나름대로 확실히 한다고 그 여자까지 만나서 확실히 하고 넘어갔는데, 얼마 전에 남자친구 휴대폰을 확인하다가 이상한 문자를 확인했습니다.

"남자친구야, 모하고 있어?"

뭐 이런 내용이었어요! 황당하기도 하고, 서럽기도 해서 눈물이 나더군요.

그리고 무엇보다 그동안 속았다는 사실에 너무 분했습니다. 그래서 헤어지기로 마음먹고, 3일째 연락도 안 하고 있는데 남자친구도 연락이

없어요

　그래서 제가 연락을 해야 하나 고민중입니다. 시작은 그 사람이 먼저 했지만, 저 그 사람 너무 좋아해요…… 저 넘 바보 같져…… 어떡하져…… 조언 부탁드릴게여.

　　　　　시작부터 문제가 있었습니다! 먼저 사귀자고 따라다니던 사람이 만난 지 3개월 만에 바람을 피웠다면 설사 그 순간 그 사람이 정말 좋았다 하더라도 그냥 넘어가면 안 되는 일이었습니다. 그리고 너무 쉽게 용서해 주셨습니다.

　어떤 사람은 한 번 실수라고 할 수도 있지만, 저는 바람은 조금 다르다고 생각합니다.

　바람은 습관이 될 수도 있기 때문입니다. 그리고 님은 남자분의 그 '나쁜 습관' 때문에 헤어지셨던 것이고요.

　바람 때문에 헤어진 경우는 보통 싸우고 헤어진 경우와 큰 차이가 있습니다.

　일반적으로 싸우고 헤어진 뒤에는 남자에게 '외로움'과 '고독감'이 남지만, 바람으로 헤어진 뒤에는 남자에게 '다른 여자'가 남아 있습니다.

즉, 남자가 선택에 대한 약간의 부담감이나 아쉬움은 있을 수 있지만, 외로움이나 고독감은 없다는 것입니다.

님! 이제 헤어진 지 3일 되셨다고요? 맘 같으면 그냥 잊으시라고 말씀드리고 싶으나, 끝까지 미련을 못 버리시겠다면, 조금만 시간을 두고 생각을 해보셨으면 합니다.

1년을 만났는데 1달을 못 기다리겠습까? 혹시 그 바람끼 많은 남자가 다시 돌아올 수도 있으니까요!

단, 너무 그 남자를 믿고 의지하지는 않으셨음 하는 저의 바램입니다!

경제력 vs 사랑

어떻게 말해야 할지 모르겠습니다. 저는 20대 후반의 꽤 부유하게 살아온 여성입니다.

그래서 그런지 남자를 볼 때 그 무엇보다 경제력과 학벌이 가장 먼저 눈에 들어옵니다.

물론 제 주변 사람들도 거의 다 잘 사는 사람들이라 그런지 다 좋은 사람들과 만나서 부족한 것이 없이 살고 있습니다.

문제는 몇 년 전부터 아버지가 아프셔서 사업을 오빠가 물려받았는데 그게 잘 안 되는 모양입니다. 항상 부족한 것 없이 살아오다 갑자기 경제적으로 어려움을 겪으니 그냥 조건 좋은 그런 남자 만나서 시집이나 가야겠다는 생각이 요즘 들어서 부쩍 듭니다.

그래야 제가 집에 도움도 될 것 같고, 부모님도 그동안 지극 정성으로 키워온 막내딸 덕 좀 보자는 것 같기도 하고요.

저도 예전에는 사람은 인간성이 무엇보다 중요하니까 가진 것이 없어도 사랑하면 살 수 있다고 생각했는데, 요즘은 궁상맞게 사느니 그냥 조건 좋은 남자 만나서 제가 조금 양보하고 사는 게 저희 집을 위해서도, 제 자신을 위해서도 좋은 거라 생각하고 있어요.

조금 냉정해도 좋으니 저에게 도움이 될 만한 말을 해 주시면 감사하겠습니다.

저는 돈이라는 것이 결혼에 그리고 인생에 반드시 필요한 것이라고 생각을 합니다. 최소한 살면서 기본적인 생활이 안 되어서 힘들어하지는 말아야 하겠죠!

그러나 돈도 중요하지만, 결혼에는 돈 이외에도 사랑이나 정과 같은 다른 이유가 필요합니다.

아무리 사랑해서 만나는 커플들도 결혼을 하고 시간이 흐르면 다투기도 하고, 싸우기도 하고 합니다. 이런 상황에서 그들을 다시 묶어주는 건 돈이나 애들이 아니고, 바로 정이죠.

조건을 보고 만났다고 해서 그러지 못하라는 것은 아니지만, 잘 생각해 보셔야 할 것 같습니다.

결국 '사랑'이라는 기초공사 없이 '결혼'이라는 건물을 지으면 결국은 부실공사가 되기 때문이죠.

그리고 냉정해도 좋다고 하시니 한 가지만 말씀드리겠습니다. 사람은 상대적인 것입니다. 내가 그런 조건을 바란다면 그런 조건을 갖춘 상대도 아마 원하는 조건들이 있을 것입니다. 과연 스스로가 그런 조건을 갖추고 있는지도 생각해 보셔야 하고요.

더 중요한 것은 요즘은 남자들도 경제력이 있는 여자를 원합니다. 이런 와중에 처가집 집안 사정까지 챙겨줄 남자는 정말 보기 힘들다는 것이죠. 이런 이유에서라도 저는 오히려 진정으로 서로 사랑하는 사람을 만나야 한다고 생각합니다.

'마누라가 좋으면 처가집 기둥에 대고 절을 한다'는 말처럼, 진정으로 사랑하는 남자가 오히려 집에도 도움이 된다고 저는 생각을 합니다. 힘든 상황은 이해하지만, 조금만 더 현명하게 그리고 멀리 생각해 보셨으면 합니다!

짝사랑 1

안녕하세요. 25살의 복학생입니다. 다름이 아니고, 제가 요즘 이상한 경험을 하고 있어서 이렇게 상담을 요청합니다.

1학년을 마치고 군대를 다녀왔기에 나이는 25이지만 이제 2학년입니다. 그래서 그런지 연애 같은 건 사치라고 생각하고 수업시간에도 맨 앞에서 수업 듣고, 남는 시간에는 항상 도서관에서 살고 있어요.

그런데 지난 학기부터 한 여자가 자꾸 눈에 들어옵니다. 도서관에 가면 항상 같은 자리에 앉아 있는 여자예요. 처음에는 있는지 없는지도 몰랐는데 언제부턴가 눈에 안 보이면 허전하고, 말은 한 마디 안 해도 그냥 함께 같은 도서관에 있으면 공부도 더 잘되는 것 같고, 그런데 중요한 건 그 여자 정말 예쁘지는 않다는 것입니다.

제 친구들에게 은근슬쩍 물어봐도 냉정하게 별로라고 하는데, 저는 이제 그냥 보고만 있어도 마음이 편안해지고 그러네요.

지금 저에게는 정말 죽도록 공부만 해도 모자란 것이 시간인데, 연애는 사치라고 생각하는데, 만약 이런 마음이 '누군가를 좋아하는 감정'이라면, 이런 상황에서 저는 어떻게 해야 하나요? 연애 선배로서 인생의 선배로서 도움이 될 만한 말을 부탁드립니다!

먼저 '연애는 사치다'라는 말은, 복학생이라면 누구나 한 번쯤은 해봤을 말인데요.

그런데 연애, 아니 사랑은 생필품과 같아요. 아무리 그것이 사치라고 해도 우리는 사랑을 꼭 필요로 합니다.

지금 5년 만의 복학이고, 또 2학년이시라 정말 열심히 사시는 게 충분히 느껴집니다.

자신은 느끼실지 모르겠지만, 제 생각에는 지금 그런 마음가짐으로 그 정도 사시는 것만으로도 충분히 열심히 사시는 것이라 생각이 듭니다.

그리고 지금 상황이 연애를 해서 느끼는 혼란도 아니고, 누군가에게 호감이 생겨서 느끼는 혼란이라면 그 혼란은 님 스스로가 만들어낸 혼란인 것입니다.

제 생각에는 오히려 더 잘된 것 같아요. 그 여자분도 공부도 열심히 하고 님처럼 열심히 사시는 분 같은데 잘만 된다면 매일 둘이서 함께 공부도 할 수 있잖아요.

연애라는 게 너무 놀기만 하면 사치가 될 수도 있으나 지금 두 분 처럼 열심히 사시는 분들이라면 오히려 시너지 효과를 발휘해서 더 좋은 효과를 발휘할 수 있다고 생각합니다.

아직 시작도 안 하시고 혼란스럽게 생각지 마시고, 일단 시작은 하시고, 어떤 결과가 나오냐에 따라 혼란스러워 하시는 게 조금 더 현명하지 않나 싶네요.

팁으로 접근 방법을 하나 알려 드리면, 같은 도서관에서 몇 달 동안 같이 공부를 해왔다면 님이 여자분을 알고 있듯이 여자분도 알게 모르게 님을 알고 있을 겁니다.

앞으로는 지나가다 눈이 마주치면 피하거나 어색하게 외면하지 마시고, 마치 알고 있는 사람인 것처럼 자연스럽게 인사를 하세요. 인사는 안 했지만 서로 안면이 있기 때문에 그 여자분도 피하거나 하지는 않을 겁니다.

그렇게 인사를 한 뒤에 하도 낯이 익어서 아는 사람인 줄 알았다고 음료수라도 하나 주면서 말을 건네보세요!

사랑에는 어느 정도의 용기가 필요합니다.

짝사랑 2

전 이제 22살 된 대학생이고여, 고민이 있어서 메일을 드립니다.

사실은 제가 요즘 짝사랑을 하고 있어요!

같은 수업을 듣는 저보다 3살 많은 복학생 오빠예요.

복학생이라고 해서 촌스럽거나 그렇지도 않고 깔끔하고, 암튼 성격도 외모도 꽤 괜찮아요. 그래서 인기도 조금 있는 거 같고요!

일주일에 두 번 수업 듣는데, 수업 있는 날은 평소보다 한 시간 일찍 일어나서 옷도 화장도 더 신경 쓰고 수업에 들어간답니다. 물론 맨 뒷자리에 뒤에서 쳐다보기만 하지만요 ㅠ.ㅜ

처음에는 괜찮은 사람이다 싶었는데 보면 볼수록 더 좋아져요.

요즘 너무 힘이 들어요.

혹시 그 오빠랑 잘 될 방법은 없나요?

꼭 꼭 부탁드려요······

사람이 사람 좋아하는 게 이렇게 힘든 건지 처음 알았어요 ㅠ.ㅜ

친구를 이용하고, 그 사람을 분석하고…… 등등의 원론적인 이야기는 안 드릴게요.

그대신 연애 컨설턴트로서 2가지 방법정도를 추천해 드리죠!

문제가 좋아하는 오빠에게 접근을 시도하셔야 하는 건데, 그냥 막 대시하면 안 되고, 자신의 존재를 은근히 알리는 게 중요하겠죠!

수업시간에 한 시간이나 일찍 일어나서 이쁘게 꾸미셨는데, 왜 오빠의 뒤통수만 쳐다보시나요?

같은 수업에 좋아하는 사람이 있다면 무엇보다 좌석 배치가 중요해요. 대학이 지정석은 아니지만, 학생들이 대게 자기가 평소 앉던 자리에 앉게 되어 있어요!

그리고 그 남자의 시선은 교수님을 향할 것이 분명합니다. 그러니까 기준은 교수님으로 잡는 거죠! 그리고 자신은 그 오빠가 교수님을 바라보는 그 사이에 자리를 잡는 겁니다.

즉, 약 45도 각도로 오빠가 수업시간 중에 교수님을 바라보다, 오빠가 어쩔 수 없이 볼 수밖에 없는 그 자리에 딱 앉는 거죠!

많이 보면 그만큼 친근감이 느껴지는 건 연애에 기본 공식입니다.

두 번째는, 이제 얼마 뒤면 시험기간이 돌아올 겁니다.

오빠가 복학생이라 공부는 열심히 하실 테니, 그때 오빠에게 노트 필기를 빌려달라고 하세요!

사람은 자신에게 도움이 되는 사람도 좋아하지만, 자신이 도움을 주는 사람에게도 마음이 가기 마련이기 때문이죠.

노트 필기 정도는 오빠도 웃으면서 빌려주실 겁니다. 남자들의 세계에서 노트 필기 안 빌려주는 사람은 즉시 질타의 대상이 되기 때문이죠!

그럼 노트 필기 고맙다고 학교 식당에서라도 밥이라도 한 끼 사겠다고 하세요! 이 정도 돼서 만나고 이야기하면서 본격적인 탐색전을 가지면서 남자분에게 접근하시면 될 것 같아요.

요령 없는 남자와의 데이트

고민이 있어서 이렇게 메일 드려요.

다름이 아니고, 두 달쯤 전에 소개팅을 했는데 싫은 건 아니고, 그냥 호감이 가는 정도예요!

이 남자도 문자도 보내고, 싸이도 오고 그러는 거 봐서는 제가 싫지는 않은가 봐요.

문제는요. 그렇게 연락하다 만나면 너무 어색하다는 거예요.

만나서 밥 먹고 뭐할까 한참 고민하고, 또 차 마시고 한참 고민하고, 처음에는 "경험이 없어서 순수해서 그런 거야!" 하고 좋게 봐주려고 했는데, 벌써 5번도 더 만났는데 항상 그러는 게 이제는 신경을 안 쓰는 거 같아서 쪼끔 서운하기도 하고 그래요!

그렇다고 제가 먼저 나서서 막 그러기는 조금 뭐한 거 같고요! 이 사람 싫지는 않은데 어떡하죠?

5번 정도를 만났는데도 항상 데이트에 실망하셨다면 먼저 남자분이 스스로 그 데이트를 어떻게 생각하는지 알아봐야 합니다. 혹시 남자분은 그런 순수한(?) 데이트가 이상적인 데이트라고 생각하시는지도 모르니까요! 한번 물어보시는 게 가장 빠르고 좋은 방법 같습니다.

또 다른 방법은, 님이 직접 데이트 코스를 짜보시는 것입니다. 데이트할 때 남자가 뭐할지도 정하지 않고 그냥 나오고 이러면, 여자분들은 은근히 짜증나고 그러시죠? 그런데요, 데이트 코스 짜는 게 보기에는 쉬운데 사실 은근히 어렵습니다.

여자분들은 잘 못 느껴도 남자분들은 이제 차 마시거나 밥 먹고 일어날 때쯤 되면 '이제 뭐하지' 하고 압박과 걱정이 밀려오기도 하고 그럽니다.

남자분의 이런 걱정을 조금만 덜어줘 보세요! 남자도 조금은 적극적인 여자를 좋아합니다.

그리고 이것은 대시랑은 다른 개념이니까 혹시라도 쉬워 보일까 하는 염려는 하지 않으셔도 됩니다.

나를 무시하는 남자친구

이제 만난 지 5개월이 넘어가는 남자친구가 있어요. 친구들과의 모임에서 우연히 만난 남자인데 너무 괜찮은 사람 같아서 제가 먼저 고백을 했습니다. 그 사람도 쉽게 ok를 했고, 한동안은 잘 만난 것 같아요.

그런데 시간이 조금 지나면서부터 저에 대한 단점들을 지적하기 시작하더군요.

너는 걸음을 왜 그렇게 걷냐? 운동 좀 해야 하는 것 아니냐? 피부관리 좀 해라? 등등 처음에는 서로 너무 빨리 편해져서 그런가 보다 했는데, 요즘에는 저를 무시하는 건 아닌가? 하는 생각이 듭니다.

지난번에는 술에 취해서 새벽 3시에 전화를 하더니 나오라고 하더라고요.

제가 너무 늦게는 나가기가 조금 그렇다고 했더니, 무조건 나오라고 소리를 치더라고요.

자기 생각만 하는 그 사람이 야속해서 그냥 전화를 끊어버렸죠. 그랬더니 다음날 미안하다고 문자만 하나 달랑 보내더군요.

솔직히 요즘 들어서는 먼저 고백한 걸 후회합니다. 제가 먼저 고백해서 쉬워보였던 거 같아요.

이제 5개월째인데 다른 커플들보다 저를 소홀히 대하는 것 같습니다. 그런데 이런 생각을 하면서도 헤어질 자신이 없습니다.

이 사람하고 있는 게 혼자 있는 것보다 훨씬 행복하거든요. 이렇게라도 행복할 수 있다면, 이것도 사랑인가요?

A 상대방이 있고 행복함을 느낀다면 물론 사랑입니다. 그러나 사랑이라고 같은 사랑은 아니죠. 그 사람이 너무 좋아서 그런 것이 아니고, 단지 혼자 되기가 싫어서 참고 만나는 사랑이라면 적어도 즐거운 사랑은 아닐 것입니다.

진정한 사랑에는 기본적인 존중이 필요합니다. 그 남자분이 여자분에게 한 말들은 그냥 알고 지내는 여자에게도 하면 안 되는 말이 분명한데, 그런 말을 가장 존중해야 할 여자친구에게 한다는 것은 여자분에 대한 기본이 없다는 뜻으로 저는 해석합니다.

말이라는 것에는 마음이 담겨 있습니다. 만약 그 남자분이 진정으로 여자분을 쉽게 생각하고 있다면 더 늦기 전에 용기를 내서야 합니다.

혼자 있는 시간은 외롭기는 하지만 비참하지는 않습니다. 당당하게 남자분에게 기본을 지키라는 충고를 해 주시고, 그럼에도 같은 행동을 반복한다면 만남을 다시 한 번 생각해 보기를 권합니다.

사랑도 행복하자고 하는 것인데, 만나는 동안 비참하고, 사랑받지 못하는 것 같은 느낌을 받는다면 그건 사랑이라고 착각하는 것이지, 진정 사랑은 아니기 때문입니다.

남자에게 여자의 과거란?

만난 지 100일 막 지난 남자친구가 있어요. 그 동안은 다른 커플들처럼 좋게좋게만 만나왔는데 요즘 들어서 남자친구가 이상한 소리를 가끔씩 합니다.

자기가 첫 남자인지 아닌지를 궁금해하는거죠.

솔직히 저는 이번 남자친구가 두 번째입니다. 그래서 창피하게 뭘 그런걸 물어보냐고 하면서 넘어가기는 하는데 괜히 도둑이 자기 발 저린다고 마음이 조금 편하지가 않아요.

처음이라고 거짓말을 하자니 양심에 걸리고, 솔직하게 말하면 이상한 여자로 보일 수도 있고, 이런 경우에서는 어떻게 해야 되는 건지 궁금해요.

너무 사랑하는 사람이라 그 사람이 좋아하는 그런 여자가 되고 싶은데 이 남자에게는 마음도 중요하지만 그런 것도 중요한가 봐요. 어떻게 해야 남자친구도 실망시키지 않고 저도 양심적으로 편할 수 있는지 꼭 알려주세요.

내가 지금 만나는 여자의 과거라는 것은 솔직히 그 어떤 남자에게도 유쾌한 일은 아닙니다. 물론 여자들도 잘 표현을 못 해서 그렇지 비슷한 기분이겠죠.

요즘은 세상이 조금은 변해서 그런지 남자들도 이런 것들을 이해하려고 노력하고 있는 것이 현실입니다. 그러나 남자친구분처럼 그런 사실을 궁금해하는 사람들은 단순한 호기심을 넘어서 그런 것들을 중요하게 생각한다는 것으로 해석될 수 있겠죠.

본론으로 들어가서, 이런 경우에는 두 가지 선택이 가능합니다.

첫 번째는 솔직하게 이야기를 하고, 그것 때문에 남자친구분이 님을 대하는 태도가 달라진다면 과감하게 헤어지는 것입니다.

두 번째는 지금 님이 남자분을 진심으로 사랑하고 있고 지난 남자는 확실히 정리가 되었다고 믿는다면 두 분의 아름다운 사랑을 위해서 감추어 두는 것입니다.

저는 두 번째 선택을 권합니다.

직업적으로 그런 일을 했다거나 그냥 재미로 많은 남자를 만나왔다면 모르겠지만, 일반적인 연애과정에서 한 번 정도의 과거는 누구나 가질 수 있는 것입니다. 그렇기 때문에 지금 여자분이 남자친구를 사랑하는 마음이 진심이라고 믿고 계신다면 약간의 화이트 거짓말 정도는 할 자격이 있다고 생각합니다.

물론 남자친구분의 성향이 약간 보수적인 것으로 생각될 때 이런 식의 방법 말고는 실망시키지 않을 방법이 없네요. 이걸 그냥 거짓말이라고 생각하지 마시고, 사랑하는 남자친구분을 위해서 두 분의 좋은 관계를 위해서 여자분이 그냥 조금 양보하는 것이라고 생각하셨으면 좋겠습니다. 그 대신 앞으로 남자친구분에게 더 잘하면 되는 거 아니겠습니까?

마지막으로 한 가지 더.

만약에라도 남자친구분이 자신은 과거가 있으면서 님에게만 무조건 순결하기를 바라는 그런 남자라면 나중에라도 많은 어려움이 생길 수 있습니다. 그런 남자라면 관계를 조금 더 생각해 보시는 게 좋을 것 같습니다.

남자친구 부모님의 반대

제가 지금의 남자친구를 알고 지낸 지는 올해가 2년째입니다.

같은 과 동아리에서 만나게 되었는데, 사실 그때는 만났다가 2달 정도 만에 헤어졌어요. 어떻게 하다가 만나게 되었지만 그때는 서로 다른 사람을 좋아하고 있었거든요. 그렇게 서로가 살아가다가 오빠가 어학연수를 가게 되었어요.

오빠가 연수가 있는 동안에도 늘 이메일도 주고받고, 국제전화도 자주하고, 편지도 하고 연락은 자주했어요. 그리고 올 초에 우리나라에 돌아와서 다시 만나게 되었죠.

사실 특별히 잘생기거나 멋진 남자는 아니에요. 그런데 자상하고 따뜻함이 느껴진다고 할까? 그런 것들이 그냥 좋더라고요.

그렇게 다시 사귀기 시작한 지 5개월이 지났어요.

오빠가 먼저 다가왔고, 저도 그 만큼 오빠에게 다가갔죠. 그런데 얼마 전부터 오빠 행동이 변하기 시작했어요.

아무리 못 봐도 삼일에 한번은 만났고, 전화도 하루에 두 번 정도는 했는데, 일주일에 한번 보기도 힘들고, 전화도 제가 하지 않으면 통화가 어렵고, 아무래도 무슨 문제가 있나 싶어서 알아보니 남자친구의 어머님이 오빠랑 저랑 만나는 걸 많이 싫어하신다고 합니다. 왜 그러냐고 물어봐도 이유까지는 말해 줄 수 없다고 해요. 그러면서 저랑 교제는 가능한데 그 이상 멀리는 바라볼 수가 없다고 하더군요.

처음에는 자존심도 상하고, 그렇게 이야기하는 오빠가 너무 야속해서 다 잊으려고 했어요. 그런데 사랑이라는 거 마음대로 하고 마음대로 지우는 게 아니더라고요. 그래서 지금은 어떻게든 해결책이 나오겠지라고 생각하면서 그냥 만나고는 있습니다. 그런데 한번 틀어져서 그런지 만남도 예전같이 않아서 힘들고, 저는 저대로 마음고생이 이만저만이 아닙니다. 상담해 주세요

아무도 추리 소설을 뒤에서부터 읽지는 않습니다.

비슷하게 표현하면 사랑도 거꾸로 보지 않는 것이 더 재미있고 즐겁다는 뜻입니다.

이렇게 생각만 하면 나중에야 어떻게 되던지 일단 사랑하면 만나는 님의 선택은 맞는 것처럼 보일 수도 있습니다.

그러나 굳이 들춰볼 필요도 없고 확인할 필요도 없지만,

확인해 본 결과 답이 틀릴 걸 알았다면 굳이 그 답을 고집할 필요도

없습니다.

　지금 사랑한다고, 영원히 지켜주겠다고 말해도 나중에 어찌될지 모르는게 사랑인데 벌써부터 도망갈 생각을 하고 있는 남자친구분은 '틀린남자' 입니다.

　님이 남자분을 얼마나 사랑하는지는 알겠지만 남자분께서는 님에게 큰 사랑이 없다는 것을 확인하신 것입니다.

　끝이 정해져 있는 사랑!
　후회할 줄 알면서도 마지막까지 사랑하고 싶으시다면 모르겠지만, 더 이상 상처받기 싫으시다면 그만 이쯤에서 접으셨으면 합니다.
　시간은 기회 비용이기 때문에 지금 이 남자분에게 쓰는 시간은
　다른 인연을 만날 소중한 시간이기 때문입니다.

습관적인 이별

10개월을 사귄 남자친구에게 얼마 전에 차였습니다. 많이 좋아했고 사랑하는 사이라고 믿었었죠. 정말 황당하게도 밤중에 전화해서는 이유도 없이 그만 만나자고 이야기하더군요. 전화기에 대고 울며 매달리고, 정말 제 정신이 아니었죠.

그렇게 차이고 2주일 정도를 시름시름하며 보냈던 거 같아요. 친구들이 참 많은 힘이 되어주더군요. 그런데 그때 남자친구에게 다시 연락이 왔어요. 미안하다고 다시 시작하자고 했어요.

그 남자가 제게 했던 행동들을 다 지켜본 친구들은 무조건 반대하고 저를 설득시키려고 했지만, 저는 늦게라도 다시 돌아온 그 남자가 고맙기만 했어요. 그래서 다시 시작했습니다.

그런데 남자친구의 행동에는 헤어질 당시와 아무런 변화가 없었습니다. 더 많은 것을 바란 것도 아니고 그저 처음 만났을 때처럼만 해 주었으면 했는데, 그것도 제 욕심이었나 봅니다.

한번은 말다툼을 하다가 남자친구가 "너 없어도 잘 살 수 있으니까 헤어지자고" 하는 말에 "정말이냐?"고 물어보니까, 아무렇지도 않게 미련없으니까 가라고 하더군요.

조금만 기분 나쁘면 상처주는 말들을 하면서 나중에는 다시 연락하고 헤어지자고 했으면서 다시 돌아오고, 아직 1년도 안 만났는데 작은 다툼은 말할 것도 없고, 크게 싸우고 헤어진 것만 4번째입니다.

2달에 한 번꼴로 헤어지고 다시 만나고를 반복한 거죠.

이것도 과연 사랑인지 궁금합니다.

이런 사랑도 사랑이라면 사랑이겠죠.

그러나 행복한 사랑은 아닌 듯합니다. 모든 연인들이 만나면서 한 번도 안 싸우고 행복하기만 할 수는 없겠죠.

우리가 몸이 아픈 걸 느껴야만 그때서야 건강을 챙기게 되듯이 연인 사이에서도 작은 다툼은 상대방과 자신을 한번 더 돌아보게 만드는 그런 계기를 만들어 주게 됩니다.

단 문제는 그런 다툼이 아니라 이런 경우에서처럼 너무 자주 헤어졌다 만났다를 반복하는 이별은 단순히 서로를 알아가는 다툼의 문제가 아니라 '습관'이라는 것입니다.

연애에서 잘못이라는 건 어느 한 사람의 책임이 아니고 서로에게 책임이 있는 경우가 많기 때문에, 누구의 잘잘못을 따지기는 어렵지만, 한번 서로에 대한 애착이 사라지고 이것이 두 번, 세 번 겉으로 표현되고 이별로 나타나기 시작한다면 그런 것들은 점점 커지기는 쉬워도 다시

되돌리기는 어렵게 되는 부분입니다.

　이미 겉으로 보기에도 처음과 같은 느낌으로 돌아가기에는 두 분이 너무 멀리 오신 것 같습니다.

　항상 가장 중요한 것은 자기 자신이라는 것을 생각하시고, 적어도 자신을 가볍게 생각하는 남자는 과감히 정리하시고, 이별이라는 말을 핸드폰 바꾸듯이 쉽게 생각하지 않는 남자를 만나시기를 바랍니다.

책을 마치면서

사전이라는 개념을 처음으로 만들어낸 새뮤얼 존슨은 "사전은 시계와 같은 것이어서 아무리 못한 것이라도 없는 것보다 나으며, 아무리 좋은 것이라도 완벽하게 옳을 수는 없다"고 했다.

이 책이 새뮤얼 존슨이 말한 사전과 같은 책이라고 생각한다. 잘 읽고 생각해서 내 것으로 만들어서 쓴다면 도움이 될 수는 있으나, 그 내용이 100% 완벽하게 적중한다고는 나 역시도 생각하지 않는다.

사실 나는 심리학자도, 사회학자도, 과학자도 아니다. 그러나 연애에 관해서는 그 누구보다도 더 열심히 경험했고 연구했음을 자신한다.

정식으로 태권도를 배운 사람보다 뒷골목에서 자란 사람이 더 싸움을 잘 할 수 있듯이, 나는 그동안의 경험과 연구결과를 가지고 우리 세대가 더 쉽고 재미있게 이해할 수 있는 책을 만들기 위해 노력했다.

보다 현실적이고, 솔직하게 쓰기 위해 노력했지만, 그 평가는 내가 내리는 것이 아니라 이 책을 읽고 계시는 독자분들이 내리시는 것이라고 생각하기 때문에 책에 대한 평가는 담담히 받아들이려고 한다.

마지막으로 옆에서 많은 도움을 주신 고재정 교수님과 결혼정보회사 듀오의 이미경 브랜드 전략팀장님, 도서출판 선영사의 김범석 편집장님과 선영사 식구들, 아들이 연애전문가가 되겠다고 하는데도 한숨 한 번 쉬지 않고 든든하게 밀어주신 우리 부모님과 사랑하는 동생 경희, 바람둥이 남자친구를 단 한 번도 의심하지 않고 옆자리를 지켜주고 있는 여자친구, 그리고 늘 옆에서 물심양면으로 응원해 주는 내 소중한 친구들 – 병철, 은진, 정인, 상진, 종우, 덕홍, 대현, 인영, 병무, 그리고 도움을 준 여러 다른 친구들과 후배들에게 진심으로 고맙다는 말을 전하고 싶다.

여자 전문 연애 컨설턴트　이 명길